두시간에 배우는
# 글쓰기

······ Visual Writing ······

# 두 시간에 배우는 글쓰기

| 강병재 지음

북포스

머리말

    글은 논리라는 대원칙으로 꿰여 있다. 논리는 그저 앞과 뒤가 이어질 수 있는 조건이다. 눈을 감고 볼 수 없으며, 귀를 막고 들을 수 없다. 이렇게 앞뒤가 맞으면 된다. 이것이 논리다. 글쓰기의 원리는 그렇게 간단하다.

    그런데 글쓰기는 매우 어려운 일 중의 하나다. 한두 번 앞뒤를 맞추는 간단한 원칙을 지키기가 어려운 것이 아니라 글 전체를 앞과 뒤가 맞도록 해야 하기 때문이다. 한두 번만 앞뒤를 맞추면 끝나는 것이 아니다. 글을 마무리할 때까지 모두 앞뒤가 맞아야 한다. 논리적이어야 한다. 그래서 글쓰기는 어렵다.

    그런데 이렇게 생각해 보자. 글이 아주 복잡하고 커다란 집이 아니라 벽돌과 벽돌로 이은 것이라고. 수많은 단어와 문장으로 이루어진 복잡한 것이 글이 아니라 벽돌 같은 문장으로 이어진 것이라고. 문장을 잇는 것이 글쓰기라고. 그러면 글쓰기는 문장의 문제로 넘어온다.

    그런데 문장 쓰기는 쉽다. 배가 고프면, 배가 고프다고 하면 되기 때문이다. 그런 문장들을 이어 가면 글이 된다. 그러면 글이 쉬워진다. 문장 쓰기는 말 그대로 '생각 쓰기'이기 때문이다.

이 책은 그 생각 쓰기를 눈으로 보면서 할 수 있는 방법을 담고 있다. 그래서 하늘에서 한눈에 본 모습이라는 뜻으로 '서감도'라고 했다. 서감도는 글의 구성을 기호화하는 과정이 다소 번거롭고, 꼭 그럴 필요까지 있을까 싶은 생각도 들지만, 조금만 익숙해지면 꽤 쓸모 있는 방법이다. 서감도는 한 문장 쓰고 생각하고, 또 한 문장 쓰고 생각하는 것이 아니라, 쭉쭉 이어서 쓸 수 있게 한다. 눈으로 볼 수 있다고 해서, 비주얼이라는 별칭도 지어 봤다. 또 두 시간이면 충분히 이해할 수 있는 쉬운 내용이어서 쉬운 글쓰기 방법이라는 뜻으로 제목을 달아 보았다. 눈을 감고 TV를 볼 수 없다는 것을 이해할 수 있는 나이면 누구든지 이해할 수 있는 내용이다.

서감도는 쉽다. 세상의 모든 문장은 설명이 필요한 부모 문장과 그 부모 문장을 설명하는 자식 문장으로 이루어져 있는데, 이를 응용하여 문장을 막힘없이 이어 쓸 수 있다는 단순한 얘기다.

아무쪼록 쉽게 익혀 생활에 보탬이 되기를 바란다.

●

이 책의 내용이 구체화된 것은 4년 전입니다. 그 당시 '서감도'는 이름도 없었고, 그저 글쓰기를 할 때 짧게 조언하는 상태였습니다. 그것을 '서감도'로 기획해 주셨습니다. 제목도 지어 주셨습니다. 김민기 님께 감사드립니다.

강병재

# contents

# 부록

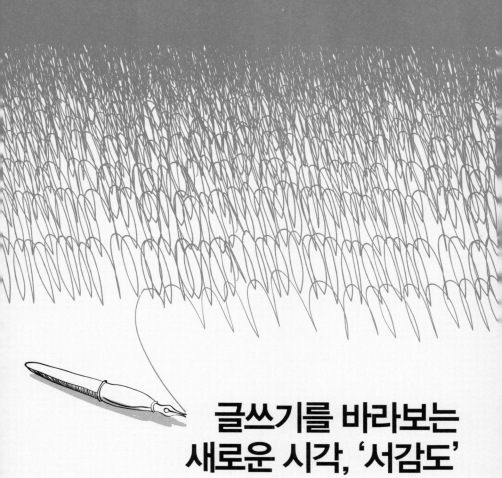

# 글쓰기를 바라보는
# 새로운 시각, '서감도'

서감도는 새로운 글쓰기 방법을 설명하기 위한 도구다. 문장과 문장의 관계를 한눈에 볼 수 있게 만들었다. 문장과
문장의 관계를 통해 쉽게 주제 문장을 이해할 수 있다. 또한 문장 이어 쓰기를 쉽게 할 수 있는 방법도 제시한다.

# 1
# 글쓰기는 정말
# 어려운 것일까?

세상에 쉬운 일이 어디에 있겠는가!

쉽다는 뜻의 대명사인 누워서 떡 먹기라는 속담이 있다. 그런데 누워서 떡 먹기가 쉬운가? 농담으로 하는 말이지만, 어쩌자고 그런 속담이 생겼는지 의아할 뿐이다.

하물며 글쓰기임에랴!

이미 어렵다고 소문난 글쓰기다. 어느 정도 어렵다는 건 받아들이고 시작해야 할 것이다. 이 책은 거기에 도전하는 책이지만 말이다. 그런데 무엇이 그리 어려운 것일까? 한번 따져나 보자.

먼저, 주제 정하기가 있을 것이다.

'뜻'을 정하는 일이 글쓰기에서 가장 먼저 부딪히는 어려움일 게다.

다음은? 아마도 첫 문장 쓰기일 것이다. '고민 끝에, 맘에 쏙 들지 않더라도 뜻을 정하긴 했는데, 그것을 어떻게 시작할까? 새로운 어려움에 부딪힌다. 첫 문장을 어떻게 쓸지 끙끙거리거나 첫 문장을 쓰려고 '썼다 지웠다'를 반복해 보지 않은 사람이 있는가? 아마도 없을 것 같다.

그다음은? 그다음은 당연히 첫 문장에 이어서 문장을 만들어 나가는 과정일 것이다. 일명 문장 이어 쓰기. 첫 문장만큼은 아니지만 모든 문장이 다 첫 문장 버금가게 어렵게 나온다. 그러다 우연히, 신기하게도 어느 순간 글이 줄줄 나올 때가 있는데, 이때가 되면 글쓰기의 모든 어려웠던 과정이 거짓말 같다. 하지만 그런 때를 만나지 못하는 모든 과정이 힘든 것이다.

그다음은? 어찌어찌 문장을 이어서 쓰다 보면 이게 도대체 무슨 얘기를 하는 것인지, 내가 쓰려던 '뜻'은 도대체 어디로 간 것인지, 아마도 그래서 망연자실해진 경험이 누구나 있을 것이다. 다 지우고 새로 쓰자니 시간이랑 열정이 몽땅 소모된 것 같은 느낌. 몇몇을 고치자니 그래 가지고선 고치나 마나일 것 같아서 멍하니 있을 수밖에 없다. 이름하여 문장 이어 쓰며 '뜻' 구현하기. 이것도 어려운 작업 중의 하나다.

맞다. 이 네 가지만 되면 글쓰기가 된다! 사실 이 네 가지가 글쓰기의 전부다. 그리고 결국 글쓰기 전 과정이 어려운 셈이다. 그런데 다행인 것이 있다. 어려운 점이 네 가지밖에 안 된다는 것이다! 희망을 가져도 될 만한 숫자 아닌가! 네 가지다! 한번 도전해 볼 만하지 않은가!

이 네 가지 난관은 바로 모든 글이 머리부터 발끝까지 하나로 연결되어 있다는 데서 생겨난다. 한 편의 글은 제목부터 맨 끝 문장의 마침표까지 연결되지 않은 것이 없다. 만약 연결되어 있지 않다면, 그건 글이라고 하기엔 너무도 부족한 거라고 확신한다. 혹은 바로 독자들의 엄청난 비난을 각오해야 할 것이다. 짧은 글이든 긴 글이든 모두 똑같다.

그런데 다행인 건 하나만 알면 이 어려움이 해결된다는 것이다. 앞뒤가 맞아야 한다는 아주 단순한 원리. 밥을 먹었으면 배가 불러야지 고플 수는 없다. 갈증 나서 물을 마셨으면 갈증이 가셔야지 갈증이 더 심해지면 안 된다. 물론 이 일반적 상황에서 벗어나는 경우도 있다. 그렇지만 그건 또 이해할 수 있는 이유가 있게 마련이다. 알고 보니 아주 짠 소금물이었다든지 말이다.

이 상황을 아주 적절하게 설명할 수 있는 예가 있다. 하노이의 탑이다. 모두 여덟 개의 원판과 세 개의 기둥으로 이루어져 있는데, 이것은 꽤나 유명해서 많이들 알고 있을 것이다.

하노이의 탑은 왼쪽 기둥의 원판을 오른쪽 기둥으로 옮기는 게임기라고 볼 수 있다. 이 게임에는 재미있는 기원이 있는데, 그것은 개인적으로 알아보시고, 하여간 이 게임은 몇 개의 과정을 반복해야 임무를 수행할 수 있게 되어 있다.

그런데 그 몇 개의 과정은 큰 원판을 작은 원판 위로 올릴 수 없는 단순한 규칙을 지켜야 한다. 그런데 이게 잘 안 된다. 이것만 없으면 누구든 금방 오른쪽 기둥으로 옮길 수 있을 텐데, 이 단순한 규칙 때문에 쉽게 옮기지 못한다.

누구에게나 어려운, 단순한 이 규칙을 지키면서 장기나 바둑처럼 몇 수 앞을 내다보며 원판을 옮기는 과정은 나름 재미있다. 그런데 이 하노이 탑의 규칙이 글쓰기의 규칙과 똑 닮았다.

글쓰기에서 이 어렵고 단순한 규칙은 바로 앞뒤가 맞아야 한다는 것이다. 글쓰기의 이 기본 규칙은 쉬워 보인다. 아, 밥을 먹었으니 배가 불러야 하는 것이 아니냐! 그런데 모든 글이 그렇게 쉬운 앞뒤만 있지 않다. 그 유명한 '나는 생각한다. 고로 존재한다.'는 말은 앞뒤가 맞는지 쉽게 알 수 없다.

앞뒤가 맞아야 한다는 이 단순한 규칙. 이게 쉽지 않다. 마치 너무나도 쉬워서 누워서 떡 먹기 같은데, 많은 사람이 쉽게 체한다. 왜 체하는지 정확하게 알면 당연히 체하지 않으니 기대하시라. 이 어렵고 단순한 규칙을 쉽게 이해하고 적용할 수 있음을 보여 드리겠다.

하노이의 탑은 이 대원칙 말고도 많은 부분 닮았다. 문장과 문장은 물론이고, 문장 안에서도 이 원칙은 지켜져야 한다. 그리고 이 원칙을 지켜 가면서 여덟 개의 원판을 옮기는 과정은 글을 이어 가는 과정과 닮았으며, 옮겼다 다시 제자리로 옮기는 작업을 반복하지 않으려면 원판을 옮기기 전에 몇 수 앞을 봐야 하는 것은 '썼다 지웠다'를 반복하지 않으려면 다음 문장을 생각하며 문장을 써야 하는 과정과도 닮았다. 여덟 개의 원판을 옮기는 과제를 받았을 때는 첫 문장을 써야 할 상황과 너무도 흡사해서 놀랄 뿐이다.

여덟 개의 원판을 앞에 두고 어찌할까 고민에 빠진다. 시간은 자꾸 가고, 뚜렷한 묘수가 떠오르지 않는다. 그래서 이렇게 저렇게 무작정 옮겨 본다. 그러다 여의치 않으면 멈춰 다시 한참 궁리해 본다. 그러다 발견하면 좋고, 그렇지 않으면 다시 옮겨 본다. 그리고 묘수를 발견하지 못하면, 무한 반복, 무한 반복하게 된다. 원고지를 앞에 두고 고민에 빠지고, 무작정 글을 시작해 보고, 여의치 않아 다시 고민에 빠지고, 겨우겨우 첫 문장을 시작하게 되고, 썼다가 지웠다가를 반복하는 글쓰기가 떠오른다.

글쓰기의 네 과정, 뜻을 정하고, 첫 문장 쓰고, 문장 이어 쓰고, 쓰면서 뜻을 구현하는 과정이 모두 앞뒤가 맞아야 하는 단순한 규칙에서 출발한다. 이 규칙을 이해한다면, 글쓰기는 쉬운 영역으로 넘어온다. 모든 과정이 어려움인 글쓰기가 무장 해제되는 것이다.

이 책은 이 규칙을 찾아가는 여행이다.

결론부터 말하자면, 그 규칙은 단어와 단어, 구와 구, 절과 절, 문장과 문장, 문단과 문단, 단락과 단락, 그리고 제목과 본문의 앞과 뒤를 맞추는 규칙이다. 이 규칙은 모든 글에 적용된다. 수식, 표와 그래프, 영상 등 인간의 모든 표현의 규칙이기도 하다.

한 편의 글을 쓰려면 두 가지가 있어야 한다. 하나는 뜻, 또 하나는 뜻을 풀어내는 글쓰기 능력이다. 보통 글을 쓰고 싶은 경우, 하고 싶은 말이 있게 마련이다. 하지만 그것을 어떻게 글로 써야 할지 모르는 경우가 많다. 그래서 작가가 드문 것이고, 글쓰기가 쉽지 않다고 하는 것이다. 그러나 사람들은 모두 타고난 이야기꾼이다. 또 사람들은 모두 글쓰기의 달인들이다. 글쓰기의 규칙만 안다면.

그렇다고 누구나 탁월한 작가가 될 수 있다는 말은 아니다. 탁월한 작가는 탁월한 내용을 가진 사람만이 될 수 있다. 탁월한 내용은 그 사람의 삶 속에서 나온다. 좋은 글을 쓰고 싶다면 삶에 충실해야 한다. 나는 그저 일상에서 편히, 쉽게, 끙끙대지 않고 자신의 생각을 쓸 수 있는 방법을 제시한다. 그것은 글을 쓰는 방법, 그러니까 내용에 관계없이 글을 계속해서 써 내려가는 방법에 대한 이야기다. 배가 고파 책상을 떠나지 않는 한, 계속해서 쓸 수 있는 방법이다.

우선 글쓰기에 앞서 '글'이 어떻게 생겼는지 알아보려고 한다. 의외로 글의 모양을 모르는 사람이 많다. 아니 그보다는 글이 어떻게 생겼는지 생각할 이유가 없었기 때문일 게다.

그리고 글쓰기의 대원칙의 실타래를 조금씩 조금씩 이해하기 쉽게 풀어 가려고 한다. 그렇게 글쓰기의 대원칙을 소개하고 나면 그 대원칙이 글 속에서 어떻게 모양을 바꾸는지 설명할 것이다. 그리고 어느 정도 실타래가 풀리면 거기에 숨어 있는 모든 글의 설계도, '서감도'를 보여 줄 것이다. 그래야 글을 눈으로 볼 수 있기 때문이다. 그래야 실감 나기 때문이다. 그렇게 글쓰기가 매우 단순한 규칙을 따르는 과정이라는 것을 보여 줄 예정이다.

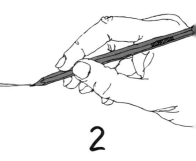

# 2

## '서감도書瞰圖' 미리 보기

이것이 '서감도'다.

제목

글쓴이

단락　문단 - 문장 - 단어
　　　문단 - 문장 - 단어
　　　문단 - 문장 - 단어
단락　문단 - 문장 - 단어
　　　문단 - 문장 - 단어
　　　문단 - 문장 - 단어
　　　문단 - 문장 - 단어

```
단락   문단 - 문장 - 단어
       문단 - 문장 - 단어
       문단 - 문장 - 단어
```

그러니까 서감도는 글의 구조를 한눈에 볼 수 있게 만든 틀이다. 위 서감도는 글로 되어 있는데, 이것을 기호로 나타내면 간단하다.

제목은 하나밖에 없으니 그대로 두고, 단락은 Ⅰ, Ⅱ, Ⅲ, ……으로, 문단은 A, B, C 등 영문 대문자로, 글은 보통 영문자 이내의 문단으로 이루어지기 때문에 문장은 ①, ②, ③ 등 원 속의 번호로, 글에 따라 꽤 많은 문장이 있을 수 있기 때문에 단어는 ⓐ, ⓑ, ⓒ 등 원 속의 영문 소문자 한 문장 속에 단어는 그리 많지 않기 때문에 로 나타내기로 한다. 그럼, 위의 서감도는 이렇게 된다.

이것이 '표준 서감도'이다.

```
                    제목
                              글쓴이


            Ⅰ  A  ①  ②  ③
```

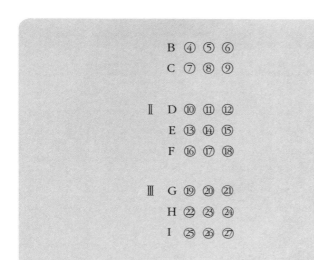

B ④ ⑤ ⑥
C ⑦ ⑧ ⑨

Ⅱ D ⑩ ⑪ ⑫
E ⑬ ⑭ ⑮
F ⑯ ⑰ ⑱

Ⅲ G ⑲ ⑳ ㉑
H ㉒ ㉓ ㉔
I ㉕ ㉖ ㉗

* 단어 ⓐ ⓑ ⓒ 등은 생략하였다.

그런데 이 표준 서감도는 아직 구체적인 글을 표현하지 못한다. 모든 글이 세 단락에, 각 단락에 세 문단, 각 문단에 세 문장이 있는 것이 아니기 때문이다. 글들은 매우 다양하다. 그래서 서감도 역시 매우 다양하다.

김소월의 시 〈엄마야 누나야〉를 서감도로 나타내 보자.

## 엄마야 누나야

김소월

엄마야 누나야 강변 살자

뜰에는 반짝이는 금모래빛
뒷문 밖에는 갈잎의 노래
엄마야 누나야 강변 살자

이것이 〈엄마야 누나야〉의 서감도이다.

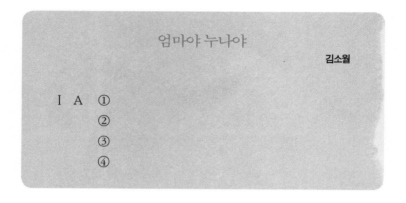

여기까지가 서감도의 틀이다. 다음은 서감도의 내용에 관한 이야기다. 그러니까 서감도는 글의 구조를 한눈에 볼 수 있다고 했다. 그런데 글의 구조를 한눈에 봐야 할 이유는 무엇일까? 그것은 글의 주제를 쉽게 찾기 위한 것이다. 그것은 글의 주제를 쉽게 쓰기 위한 것이다.

글의 목적은 주제를 전달하는 것이 기본이다. 이 기본에 충실하

기 위해 주제를 잘 읽어야 하며, 주제를 잘 써야 한다. 서감도는 이
두 가지 목적에 접근할 수 있게 해 준다.

다시, 김소월의 〈엄마야 누나야〉로 가자. 이 시의 주제는 무엇일
까? 4개의 문장 중에 있어야 하지 않을까? 4개의 문장 속에서 무
엇이 가장 하고 싶은 말인지 찾아보자. 그것은 문장들의 관계 속
에 있다.

먼저, ①번 문장. 엄마야, 누나야, 강변에서 살자. 너무 쉬워서
이해할 것도 없다. 다음은 ②번 문장. 이 문장은 강변을 풀이하고
있다. 어떤 강변인지 설명하고 있다. ③번 문장 역시 마찬가지다.
그리고 마지막 ④번 문장은 ①번 문장을 반복하고 있다. 그러므
로 하고 싶은 말은 ①번 문장이다.

여기서 하고 싶은 말 ①번 문장을 보통 중심 문장이라고 한다. <sup>이</sup>
<sup>책에서는 이것을 부모 문장이라고 부른다.</sup> 그리고 ②번 문장과 ③번 문장을 보통
뒷받침 문장이라고 한다. <sup>이 책에서는 이것을 자식 문장이라고 부른다.</sup> 이 문장 관
계를 다음과 같이 표현할 수 있을까?

①, ② = ①-1, ③ = ①-2, ④ = ①′

곧, ②번 문장과 ③번 문장의 '-(dash)'는 ①번 문장을 풀이한 문
장이라는 뜻으로 표현한 것이며, ④번 문장의 ′(prime)은 ①번 문

장을 반복했다는 뜻이다.

이렇게 문장들의 관계를 표현하여 다시 서감도를 만들어 보자.

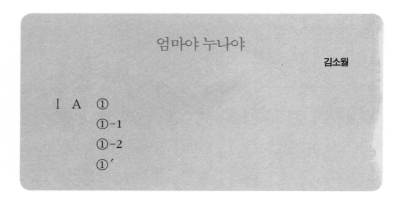

이것이 제대로 표현된 서감도다. 이 서감도를 보면 주제를 한눈에 알아볼 수 있다. 이렇게 글의 주제를 한눈에 볼 수 있는 것을 서감도라고 이름 붙였다.

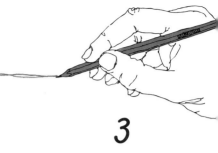

# 3
## '뜻'을 담을
## '글'은 어떻게 생겼나?

그런데 뜻을 담을 글은 어떻게 생겼을까?

웃기는 질문이다. 글이 어떻게 생기다니. 모양이야 흰 종이에 검은색 글자들이 나열되어 있는 것 아니냐. 그렇다. 글은 그렇게 생겼다. 그런데 우리가 관심 갖고 보지 않아서 그렇지, 눈, 코, 입 등 있을 것은 다 갖추고 있다. 심지어 어느 하나 빠져서는 안 될 것들로 이루어져 있다. 무슨 거창한 이야기를 하려는 것은 아니다.

재미 삼아, 글을 다시 보기 위해, 낯설게 하기 기법을 사용해서 글을 살펴보려고 한다. 글의 모양을 살펴보는 것은 뜻을 담을 그릇이기 때문이다. 그만큼 중요한 것인데, 너무 소홀히 했다는 생각 때문이다.

우선 글에 있는 것부터 알아보자.

### 1) 제목 부분

글에는 제목이 있다. 제목 없는 글은 없다. 혹 제목을 알 수 없는 글에는 무제라는 제목이라도 붙인다.

### 2) 글쓴이 부분

글에는 글쓴이를 밝힌 부분이 있다. 글은 사회적 의사소통으로 도덕적, 법적 책임을 져야 하기 때문이다. 혹 글쓴이를 알 수 없는 글에는 무명씨라는 글쓴이라도 붙인다.

### 3) 내용 부분 : 본문

글에는 알맹이에 해당하는 뜻을 담은 부분이 있다. 딱히 이름이 없지만 보통 본문 또는 내용 부분이라고 한다. 보통 이 부분을 글이라고 보기 쉽지만 글은 제목과 글쓴이를 포함한 전체를 말한다.

보통 글은 이렇게 세 부분으로 이루어져 있다. 이 중에서 제목은 부제(목)를 달고 있기도 하다. 여기서 부제는 제목을 좀 더 자세하게 쓴 것이다. 아마도 제목만으로 부족하기 때문일 것이다. 그리고 글쓴이 부분은 더 붙는 것이 없다.

그러면 남는 것은 본문이다. 이번엔 본문이 어떻게 이루어져 있는지 살펴보자.

### ① 본문 – 처음 부분, 중간 부분, 끝 부분 : 단락

어떤 글이든 처음, 중간, 끝의 세 부분으로 이루어져 있다. 우리는 이 세 부분을 보통 서론, 본론, 결론, 또는 머리말, 본문, 맺음말 등으로 부른다. 이를 통칭하여 처음, 중간, 끝 부분이라 한다. 그리고 우리는 각각을 단락이라고 부른다. 처음 단락, 중간 단락, 끝 단락, 첫째 단락, 둘째 단락, 셋째 단락으로 부르기도 한다. 왜냐하면 소설처럼 다섯 개의 단락<sub>발단-전개-위기-절정-결말</sub>으로 이루어진 글도 있기 때문이다.

### ② 본문 – 단락 – 문단

어떤 글이든 몇 개의 단락이 있다. 세 개면 3단 구성, 네 개면 4단 구성, 다섯 개면 5단 구성이라 부른다. 그리고 이 단락은 또 몇 개의 문단이 들어 있다. 글은 뜻을 담는 그릇이기 때문에 뜻에 따라 문단의 개수는 제한이 없다.

문단은 단락의 뜻을 담는 작은 글이다. 글 전체가 뜻 전체를 담는 그릇이고, 그 속에 조금 작은 '단락 글'이 있고, 그보다 좀 더 작은 '문단 글'이 있는 셈이다. 물론 우리는 단락과 문단을 한 편의 완성

된 '글'로 보지 않는다.

### ③ 본문 – 단락 – 문단 – 문장

어떤 글이든 몇 개의 단락이 있고, 어떤 단락이든 몇 개의 문단이 있고, 어떤 문단이든 몇 개의 문장이 있다.

문장은 문단의 뜻을 담는 그릇이다. 그리고 매우 중요한데, 문장은 모든 그릇의 기본 그릇이다. 즉 문장은 뜻을 담는 기본 그릇이다. 이 문장들이 모여 문단의 뜻을 만들며, 이 문단의 뜻이 모여 단락의 뜻을 나타낸다. 글에서 문장은 마치 화학에서 분자와 같은 역할을 하는 셈이다. 물론 문장은 그보다 작은 뜻을 담는 그릇인 단어를 갖고 있지만 단어 하나는 뜻을 온전히 나타내기 어렵다. 그래서 글에서 가장 중요한 것은 문장이라 할 수 있다. 그래서 많은 사람들이 문장을 쓰는 법, 올바른 문장을 쓰는 법, 아름다운 문장을 쓰는 법 등 문장론들을 펼친 것이다. 이 글 역시 넓은 의미로 문장론이라고 할 수 있다.

### ④ 본문 – 단락 – 문단 – 문장 – 단어

어떤 글이든 몇 개의 단락이 있고, 어떤 단락이든 몇 개의 문단이 있고, 어떤 문단이든 몇 개의 문장이 있다. 그리고 어떤 문장이든 몇 개의 단어가 있다.

단어는 문장의 뜻을 담는 그릇이다. 또한 글의 가장 작은 구성 요소이고, 뜻을 담은 가장 작은 그릇이다. 그리고 글에서 가장 중요한 문장을 이루기 때문에 단어 선택 또한 매우 중요하다. 실제 글쓰기에서 머뭇거리게 만드는 것 중의 하나가 이 단어 선택이다. 뜻을 나타낼 수 있는 단어가 무엇일까? 이것일까, 저것일까? 그 고민의 과정이라 볼 수 있다. 그래서 국어든 영어든, 언어라면 어휘력이 중요하다.

이렇게 글의 모양을 살펴보았다. 물론 눈에 보이지 않는 것이고, 사실 문법적인 요소로 보기 때문에 모양이라고 하기에 적절하지 않다고 생각할 수 있다. 그런데 그렇지 않다. 왜냐하면 그 눈에 보이지 않는 구성 요소로 이루어진 모양이 실제로 눈에 보이기 때문이다. 괜히 모양이라고 한 것은 아니다.

우선 가장 큰 부분인 제목-글쓴이-본문은 구별이 쉽다.

제목은 글 처음에 등장하며, 길지 않은 문장이나 단어로 표현한다. 제목은 본문이 담은 글쓴이의 뜻을 축소하여 표현한다. 부정문이나 물음으로 작성하는 것은 어울리지 않으며 글의 뜻을 분명하게 표현할수록 좋다.

글쓴이는 제목 다음, 아래에 쓰며, 이름이나 단체로 표현한다. 제목과 본문 사이에 있고, 적당히 떨어져 있어 누구든지 쉽게 알 수 있다.

본문은 제목과 글쓴이 다음, 아래에 쓰며, 역시 글쓴이와 적절한 간격이 있기 때문에 쉽게 구별할 수 있다.

문제는 본문 속의 구별이다.

먼저, 본문 속의 단락은 공식적으로 구별하는 문장 부호나 특별한 표시가 없다. 그럴 경우, 단락은 글의 내용으로 구분해야 한다. 그러나 보통은 쉽게 구별할 수 있는 표시가 있다.

가장 일반적인 것은 다음 문장과 3~5줄 정도 간격을 두는 것이다. 문단은 들여쓰기를 하듯이 3줄을 띄운다고 공식화하는 것이 좋겠다. 그렇게 간격을 두어 쉼을 두는데 그 표현이 비공식적이어서 ***, ### 등의 기호를 써서 표시하고 줄을 띄우기도 한다.

다음은 문단. 문단은 들여쓰기를 한다고 공식적으로 규정되어 있다. 그래서 구별이 매우 쉽다. 들여쓰기가 되어 있는 문장을 찾으면 된다.

다음은 문장. 문장도 매우 쉽다. 마침표라고 부르는 문장 부호가 붙어 있는 것을 찾으면 되기 때문이다. 마침표는 .(온점)만 있는 것이 아니라 ?(물음표), !(느낌표)도 있다. 이 세 가지 마침표가 있는 것을 찾으면 그것이 문장이다.

다음은 단어. 단어는 구별이 매우 쉬울 것이라 생각하겠지만, 생각보다 쉽지 않다. 우리말은 단어와 단어가 연결되어 하나의 뜻을 나타내기 때문이다. 예를 들어 '새가 날아간다.'고 할 때, '새'는 '가'와 함께 붙어 뜻을 나타낸다. '새'는 행위의 주체를, '가'는 '새'

가 행위의 주체임을 각각 나타낸다. 단어는 이렇게 내용의 뜻과 문법적 뜻의 두 가지가 있다. 즉 '새가'에서 단어는 '새'와 '가', 두 개다.

그런데 그건 학자의 몫이다. 다만 우리는 '새'를 쓸 것인지, '가'를 쓸 것인지 선택하기만 하면 된다. '새'보다는 '날짐승'이 뜻에 더 가까우면 그걸 선택하면 된다. '가'도 마찬가지다. '가'보다 '는'이 좋으면 '는'을 선택하면 된다. 어쨌든 단순하게 띄어쓰기 단위에 하나 또는 두 개의 단어가 있다고 생각하자. 맞지 않지만 중요한 것은 아니므로.

그렇게 우리는 글의 모양을 구별해 낼 수 있다.

그것은 제목-글쓴이-본문(단락-문단-문장-단어)이다. 이제 이 구분은 글을 읽을 때나 쓸 때 좋은 판단 기준이 될 것이다. 어디가 부족한지, 어디가 너무 남아 줄여야 하는지 판단을 도울 것이다.

# 4
# 글쓰기의 대원칙 1
## : 말이 되어야 한다!

●

대원칙은 원칙 중의 가장 주된 원칙이란 뜻이다. 여러 가지 원칙이 있겠지만 글을 새롭게 보는 '서감도'를 설명하기 위한 원칙이기도 하다. 뒤에 이어질 것까지 대원칙은 두 개가 있다.

글쓰기의 대원칙은 '말이 안 되는 것'을 피하는 것이다.

하노이의 탑에서 큰 원판이 작은 원판 위에 올라갈 수 없다는 원칙의 글쓰기 판이다. 뜻을 이해하기 전에 말이 되어야 한다. 이것이 글쓰기의 대원칙이다.

그런데 하노이의 탑과 달리 글쓰기는 이 대원칙이 지켜졌는지 눈으로 바로 확인할 수 없다. 하노이의 탑은 가능하다. 큰 원판이 작은 원판 위에 올라가면, 바로 확인 가능하다. 글은 하노이의 탑처럼 모양만으로 구별하는 물건이 아니다. 물론 글자 모양으로 그 내용을 구별한다. 오자와 탈자 정도. 하지만 그 구별되는 낱말들이 연이어 몇 개 이어지면 새로운 내용을 담게 된다. 글이 낱말 하나가 아니고 여러 개가 이어진 것이기 때문에 결국 두 개 이상의 이어진 낱말, 그리고 문장, 문단, 단락 중심으로 구와 절도 있다. 그 모양을 구별해야 하는 것이다. 그러니 하노이의 탑과 다를 수밖에 없다.

이 대원칙이 지켜졌는지 확인할 수 있는 방법은 단어와 단어, 문장과 문장, 문단과 문단, 단락과 단락, 제목과 본문의 앞과 뒤를 살피는 것이다. 그 앞과 뒤의 내용이 맞는가를 확인해야 한다. 앞뒤가 맞아야 말이 된다. 아니면 말이 되지 않으므로 그 내용을 알 수 없게 된다. 내용이 없는 글은 그야말로 아무짝에도 쓸모없는 것이 되고 만다.

문제는 이 앞뒤가 맞는지 살피는 것이 그리 간단하지 않다는 것이다. 앞뒤가 맞지 않는 것을 바로 알 수 있는 것도 있지만 아무리 앞뒤를 맞춰 보려고 해도 맞는지 안 맞는지 알 수 없는 것들도 많다.

이유는 제각각이다. 글쓴이가 잘못 알고 있어서 그럴 수도 있고, 충분히 표현하지 않아서 그럴 수도 있다. 또는 정말 표현할 방법이 없어서 그럴 수도 있다. 또 얼마든지 다른 이유가 있을 수 있다.

그리고 또 다른 이유도 있다. 언어는 숫자와 달리 분명하지 못한 면도 있기 때문이다. 예를 들어 1 + 1 = 3이라고 하면 잘못된 것을 바로 안다. 1 + 1이라는 앞과 3이라는 뒤의 값이 다르다. 그래서 분명 잘못된 것이다. 그리고 분명히 잘못된 것이기 때문에 잘못되었다고 말한다. 그런데 언어의 경우는 다르다. 예를 들어 '시간은 소중해서 아껴 써야 한다.'는 문장이 있다고 하자. 이 문장은 어떤 사람의 생각일 뿐이다. 사실이 아니다. 그러므로 무엇이 잘못되었다고 말할 수 없다. 그런데 그 반대의 경우는 좀 이상하다. '시간은 소중하지 않아서 아껴 쓸 필요가 없다.'는 문장을 보면, 어떤 사람의 생각이라고 하기보다는 틀린 내용을 담고 있는 것처럼 보인다. 시간이 소중하지 않다고? 아껴 쓸 필요가 없다고? 외계인인가? 그런 반응이 대부분일 것이다. 어쨌거나 그렇다고 이 문장이 틀린 것은 아니다. 대부분의 사람들과 다르게 생각한 사람이 있는 것뿐이다. 이것은 사실과 의견을 구분하지 못해서 벌어지는 일이다. 우리가 하려는 일, 그러니까 앞뒤가 맞는지 살피려는 대상은 결국 소중하다 그래서 아껴 써야 한다는 앞뒤와 소중하지 않아서 아껴 쓸 필요가 없다는 앞뒤다.

먼저, 소중해서 아껴 써야 한다는 말은 앞뒤가 맞는가? 소중하다는 것은 중요한 것이라는, 중요하다는 것은 없어서는 안 될 것이라는 의미를 담고 있다. 그런데 그런 것이라면 아껴 써야 할까? 내게는 매우 소중하지만 아껴 쓸 만큼 희귀한 것이 아니라면 아껴 쓸 필요는 없다. 물론 희귀하다면 아껴 써야 한다. 왜냐하면 쓴다는 것은 없어진다는 것이기 때문이다. 하고 싶은 말은 결국 언어는 숫자만큼 그 의미가 분명하지 않다는 것이다. 그래서 앞뒤를 따지기가 쉽지 않은 것도 있다는 것이다. 그러나 다행히도 심하지 않다. 대부분의 문장의 앞뒤는 구분할 수 있다. 게다가 특별한 경험이 없어도 된다. 그저 일상을 살아가는 평범한 사람들이라면 모두 구분할 수 있다. 그것은 사리(事理)가 있기 때문이다. 물이 아래에서 위로 흐르지 못하듯이 세상에는 일정한 규칙이 있다. 그 규칙을 사리로, 그 규칙을 벗어나는 것을 틀린 것으로 생각한다. 만약 판단하기 어려운 문장을 발견하면 곰곰 생각해 보라. 새로운 규칙을 발견할 수도 있을 것이다.

언어가 분명하지 못한 이유로 우리는 어지간한 말은 혹 말이 되지 않아도 듣게 되고, 읽게 된다. 100%는 없기 때문이라고 생각하기 때문이다. 1＋1＝3처럼 틀린 것이 분명하지 않기 때문이다.

그렇지만 만약 글이 되지 않는다고 생각하면 그 글을 이해하려 들지 마시라. 그게 낫다. 사전을 찾고, 말의 뜻을 이해해 보려고 애쓰는 것이 물론 아무 가치 없는 일은 아니다. 하지만 애써 고생할 필요는 없다. 이렇게 생각하시라. 그건 글쓴이의 문제라고. 실제로 그런 경우가 상당하다. 아마도 제 글에서 그런 것이 있을 터인데, 전혀 의도하지 않은 것이니 용서 바랍니다.

그리고 글쓴이가 잘못 쓴 부분을 앞뒤가 맞도록 고쳐서 읽으시라. 고쳐 들으시면 된다. 글쓴이가 무슨 사연이 있어 그렇게 실수한 모양이라고 생각하시면 된다. 그 말이 만약 대원칙을 벗어났다면 말이다. 그 전에 글쓴이에게 물어보는 것이 가장 좋지만.

앞으로 대원칙을 벗어난 글들을 모아 놓고 살펴보려고 한다. 미리 결과를 알려 드리면, 글이 되지 못하는 경우는 위에서 얘기한 것처럼 복잡한 것은 그리 많지 않다. 문법적 오류나, 문법적 오류는 없지만 뜻이 분명하지 못한 경우가 대부분이다.

## 1) 낱말이 대원칙을 벗어난 경우

●

낱말은 뜻을 담은, 글의 가장 작은 단위다. 단어라고도 한다. 문장을 이루는 최소 단위이기도 하다.

> 안전사고

참 많이 듣는 말이다. 하지만 좀 어색한 구석이 있다. 안전해서 사고가 난다? 안전과 사고는 어울리지 않는다. 사고는 안전하지 않은 것과 관계가 있다. 앞뒤가 맞지 않는다. 그래서 그 뜻이 혼란스럽다. 안전 부주의 사고, 안전 불감증 사고처럼 분명하게 표현해야 한다. 줄여 쓰는 것도 좋지만 뜻이 달라져서는 안 될 것이다.

> 역전 앞에서 만나자.

워낙 많이 쓰는 말이고, 그것이 잘못되었다는 것을 알고 있는데도 잘 고쳐지지 않는 말이다. 역전(驛前)은 역의 앞이니 뒷말 '앞'은 중복된다. 그래서 역 앞의 앞이 된다. 다른 뜻이 있는가 싶지만 아니다. 그저 역 앞을 말한다. 이렇게 뜻이 중복되는 말들은 아직도 많다. 너무나 많이 사용해서 의사소통에는 큰 문제가 없지만 올바른 표현이 아닌 것은 분명하다.

> 달을 가르치며 저 달이 탈출구라 했다.

가르친다? 달을? 달에게 무엇을 가르치나? '가리키다'를 잘못 사용해서 벌어진 일이다. 잘못 쓴 '가르치며'가 앞말 '달'과 이어지면서 '달을 가르치는' 말도 안 되는 상황이 벌어진 것이다. 다른 뜻이 있을까 한참 생각해 봐도 알 수 없다. 달을 정말 가르칠 수 있다면 모를까.

> 스승님은 학생들에게 두 시간 동안 열띤 강의를 하셨다.

스승님께서 학생들에게? 어찌 보면 전혀 이상하지 않다. 하지만 스승에게는 학생보다는 제자가 어울린다. 스승과 제자, 이 말은 짝을 이루며 사용해 온 말이기 때문이다. 물론 학교에 계시지 않는 어떤 스승님께서 특별히 어느 학교의 학생들에게 특강을 했다면 아주 자연스런 상황이 될 수 있다. 또 있다. 스승님에게 강의는 어울리지 않는다. 강의는 강사와 어울린다. 스승님은 깨달음을 주시는 것과 어울린다. 강의는 지식을 전달하는 느낌이 강하기 때문이다.

교사와 학생, 강의와 강사, 스승과 제자 등이 서로 어울리니까 다른 말과 같이 사용해서는 안 된다는 법은 없다. 그게 사실 언어의 자유로움인데, 그것은 사람의 생각을 반영하느라 그렇게 된 것 같다. 사람 생각이야말로 정말 자유롭지 않은가. 다만 이렇게 어울리는 것이 사람들이 사용하는 언어 습관이라는 것뿐이다. 되도록 사람들이 서로 어울린다고 생각하는 낱말을 사용하는 것이 좋겠다는 말이다. 만약 문학 작품이라면, 얘기는 물론 달라진다. 이 책은 문학 창작 글쓰기를 말하는 것이 아니어서 관점이 다르다. 그렇다고 문학 작품 글쓰기가 이 글쓰기 원리를 벗어나는 것은 아니다. 하여간 그렇게 해서 서로 어울리는 낱말을 찾다 보면 관련된 다른 낱말들도 도미노처럼 바뀌게 된다. 이처럼 낱말의 미묘한 차이도 앞뒤를 달라지게 한다. 뭐, 무시할 수도 있는 가벼운 뒤틀림이긴 하지만.

## 2) 구(句)가 대원칙을 벗어난 경우

●
구(句)는 낱말이 둘 이상 모여 뜻을 이룬 것으로 문장을 이루는 한 부분이다.

> 해가 서쪽에서 뜬다. vs 해가 서쪽에서 뜨겠다.

해가 서쪽에서? 맞다. 지구가 생겨난 이래 해가 서쪽에서 뜬 적은 없다. 동쪽과 서쪽의 뜻이 서로 바뀐다면 모를까. 말도 안 되는 소리다. 앞뒤가 맞지 않는다. 그런데 뒤 문장은 '뜬다'고 한 것이 아니라 '뜨겠다'고 했으니 앞뒤가 맞다. 그래서 말도 안 되는 소리를 할 경우에 쓰는 대표적인 말이 되었나 보다.

> 지나가던 개가 웃었다. vs 지나가던 개가 웃겠다.

개가 웃을까? 정말 그런지 궁금하다. 개뿐만 아니라 다른 동물들도 웃는 것을 본 것 같지 않다. 사람만 웃는다는 얘기도 있다. 하여간 그런 이유로 앞 문장은 어색하다. 물론 그럴 수도 있지만 말이다. 반면 뒤 문장은 '웃겠다'고 했으니 앞뒤가 맞지 않다고 할 수 없다. 아마도 정말 개가 웃는다면 이런 말은 없었을 것이다. 해가 서쪽에서 뜨겠다는 말과 함께 말도 안 되는 소리를 할 경우에 쓰는 대표적인 말이다. 이런 말이 있고, 간혹 쓰는 것을 보면 살아가면서 말도 안 되는 소리를 꽤나 듣게 되는 모양이다.

> 흰색은 모든 빛을 흡수하여 희게 보인다.

이 문장이 앞뒤가 맞지 않는다는 예로 여기서 사용하지 않았다면, 다른 곳에서 읽었다면, 이 문장이 사실이라고 받아들일 수도 있을 것 같다. 흰색이 희게 보인다고 했기 때문이다. 그러나 희게 보이는 것은 정반대의 이유 때문이다. 희게 보이는 것은 빛을 반사하기 때문이라고 한다. 이 사실을 정확하게 알고 있지 않으면 앞뒤가 맞는지 알 수 없다. 일상의 이야기가 아닌, 정확한 사실을 바탕으로 한 문장을 쓰려면 정확하게 아는 수밖에 없다.

> 인간은 이성적 동물이므로 감성에 따를 필요가 없다.

무슨 말일까? 인간은 이성적 동물인가? 뭐, 그렇다고 할 수 있을 것이다. 그런데, 그래서 감성에 따를 필요가 없다? 왜? 인간이 이

성적이기 때문에 결국 이성적 판단을 하게 되어 있으니, 일시적인 감성에 따라 판단할 필요가 없다는 뜻인가? 혼란스럽다.

　이성적이기 때문에 감성에 따를 필요가 없다는 말에는 그럴 만한 이유가 부족하다. 그래서 무슨 뜻을 담고 있는지 정확하게 알 수 없다. 다른 뜻이 있을까 살펴봐도 마땅히 다른 뜻은 없다. 이렇게 문장 속에 판단하기 힘든 내용이 있을 때, 우리는 이해하기 힘들다고 한다. 자세한 설명이 부족한 탓도 있지만 아직 많은 사람이 공감하지 못하는 내용을 담고 있기 때문일 수도 있다.

　이런 문장을 보게 되면 괴롭다. 그렇지만 그건 독자의 잘못이 아니다. 가치가 다른 글인 경우에는 그저 글쓴이의 알 수 없는 의견이라고 생각하면 그만이다. 사실을 담고 있고, 그것을 설명하는 글이라면 결국 정확한 뜻을 찾아봐야 할 것이다. 글쓴이에게 묻는 것이 가장 좋겠고, 아니면 그 사실에 정통한 전문가에게 물어봐야 할 것이다.

　결국 이 예문은 대원칙을 벗어난 것은 아니지만 설명이 부족해서 결과적으로 벗어난 것으로 볼 수 있다. 앞뒤가 맞는지 알 수 없기 때문이다. 이를 방지하는 최선의 방법은 글쓴이가 좀 더 쉽고, 자세하게 풀어서 읽는 사람이 이해할 수 있도록 앞뒤를 풀어내야 한다.

## 3) 절(節), 문장이 대원칙을 벗어난 경우

●
절(節)은 주어와 서술어가 있는 형태로 문장을 이루는 가장 큰 부분이다.

> 그는 9시에 왔고, 나는 그 사람보다 빠른 10시에 왔다.

10시가 9시보다 빠르다? 앞뒤가 맞지 않는 것이 한눈에 보인다. 혹 다음과 같은 상황이라면 앞뒤가 맞을 수도 있다. 나는 전날 밤 10시에, 그는 다음 날 오전 9시에 왔다. 또 혹 대화 속에서, 상황이 9시와 10시를 말해 주고 있다면 가능할 수도 있다. 하지만 둘 다 무리다. 글로 쓴다면 전날 밤 10시, 다음 날 오전 9시라고 써야 한다. 두말할 나위가 없다.

> △ABC와 △DEF는 합동이다. 그러므로 ∠A와 ∠C의 크기는 같다.

'△'이 삼각형을, '∠'이 각을 나타내는 기호인 것을 모르면 이해할 수 없다. 또 합동의 뜻을 모르고서도 알 수 없다. 사실을 모르고 문장의 앞뒤를 판단할 수 없는 경우다. 역시 공부하는 것밖에. 이 문장에서는 ∠A와 ∠C의 크기를 비교하여, 기호와 합동의 뜻을 모르더라도 앞뒤가 맞지 않다는 것을 알 수 있게 했다.

**나는 생각한다. 고로 존재한다.**

생각하기 때문에 존재한다는 말이다. 처음 접하는 사람이라면 다음처럼 이해할 수도 있겠다. 생각하고 있으니 살아 있다는 것이고, 그래서 살아 있다, 즉 존재한다. 그렇게 글을 표면적으로 이해할 수도 있겠다. 그런데 데카르트라는 유명한 철학자가 그런 하나 마나 한 이야기를 했을 것이라고 보기는 어렵다. 결국 이 짧은 문장만으로는 이해하기 어렵다. 이 글 역시 충분한 설명이 필요하다. 물론 데카르트가 충분히 설명했을 것이다. 그리고 그 충분한 설명이 이 간략한 글에 담겨 있을 것이다. 다만 여기서 얘기하는 것은 이 문장만으로는 앞뒤가 맞는지 여부를 알 수 없으므로 이해하기 힘들다고 하는 것이다. 결국 이 문장도 글의 대원칙을 벗어났다고 할 수 있는 것이다. 모든 문장을 초등학생도 이해할 수 있도록 풀어서 쓰는 것만이 능사는 아닐 것이다. 그렇다고 친절하게 충분히 설명하는 것이 나쁜 것은 아니다.

## 4) 문단, 단락이 대원칙을 벗어난 경우

문단은 문장이 모여 뜻을 충분히 풀이한 글의 단위를 말한다. 보통 주제 문장과 여러 풀이 문장으로 이루어진다. 단락은 그 문단이 모여 이룬다. 단락은 여러 주제 문장을 풀이하여 주제의 한 분야를 풀이한다.

> 글은 그림에서 나왔다. 그래서 글을 그림처럼 그릴 수 있다. 예를 들어 사람이라는 글을 사람 모양으로 그릴 수 있다. 이미 글이 기호화되어 그림으로 보지 못할 뿐이다.
> 미술관에 가면 그림이 있다. 그 그림들을 그린 사람들은 무엇을 그린 것일까? 화가가 하고 싶은 말을 알 수 있는 가장 좋은 방법은 그림 속에서 찾는 것이다.

첫 번째 문단의 요지는 글을 그림처럼 그릴 수 있다는 것이다. 그리고 두 번째 문단의 요지는 마지막 문장이다. 그래서 첫 번째 문단의 요지와 두 번째 문단의 요지는 앞뒤가 맞지 않는다. 두 문단의 요지를 연속된 문장으로 바꾸어 보자. 그러면, '글은 그림처럼 그릴 수 있다. (      ) 화가가 하고 싶은 말은 화가의 그림 속에서 찾아야 한다.', 이런 글이 된다.

그런데 이 두 문장을 아무리 이어 보려고 해도 이어지지 않는다. '글을 그림처럼 그릴 수 있으니 화가의 그림 속에서 화가가 하고 싶은 말을 찾아야 한다.'고 생각해 볼 수 있다. 하지만 그림이 곧 글이 아닌 까닭에 그림을 보고 화가의 글을 찾아낼 수는 없다. 화가의 그림은 글과 같이 하고 싶은 말을 담고 있다고 할 수는 있겠다. <sub>어떻게든 앞뒤가 맞을 수 있는 해석을 찾는 것이 목적이 아니므로 해석은 중단하자.</sub>

 이렇게 앞뒤가 맞아야 말이 되는 것은 문단과 단락에도 그대로 적용된다. 낱말이나 문장보다 좀 더 복잡한 것은 당연하다. 문단에서는 중심 문장, 즉 주제, 뜻을 찾아야 하는 과정이 있는 데다 그런 뜻이 하나 이상일 수도 있기 때문이다. 하여간 일단 문단과 단락도 앞뒤가 맞아야 한다는 것을 잊지 말자. 단락의 예는 예문이 길고, 설명도 길어질 것이어서 생략한다. 원리는 같다. 그리고 단락은 서론, 본론, 결론처럼 뜻을 담고 있는 더 큰 글의 덩어리다.


## 5) 제목과 본문이 대원칙을 벗어난 경우

소나기

소년은 개울가에서 소녀를 보자 곧 윤 초시네 증손녀(曾孫女) 딸이라는 걸 알 수 있었다. 소녀는 개울에다 손을 담그고 물장난을 하고 있는 것이다. (후략)

황순원의 소설 〈소나기〉의 첫 장면이다. 소설은 소년과 소녀의 순수한 사랑을 그리고 있다. 둘이 소나기를 맞은 일이 주요 사건이며, 둘의 짧고 순수한 사랑을 상징한다. 그러므로 더없이 좋은 제목이다.

　이 '소나기'란 제목을 다른 제목으로 생각해 보자. 〈소년과 소녀〉? 이 제목은 너무 일반적이어서 소설 내용을 반영하지 못하며, 소나기란 주요 소재도 묻히게 만든다. 〈윤 초시네 증손녀〉는 어떤가? 역시 소나기가 묻히며, 소년 또한 조연으로 바뀔 것 같은 느낌이다. 한참 생각해 보시라. 역시 '소나기'란 제목이 가장 좋다. 그래야 제목과 본문의 앞뒤가 맞는다. '소나기'를 맞는 일이 주요 사건인 두 소년 소녀의 소나기처럼 짧은 사랑 이야기. 그리고 그 내용. 이렇게 앞뒤가 자연스럽다.


　글쓰기의 대원칙은 낱말의 앞뒤, 구(句)의 앞뒤, 절(節)의 앞뒤, 문장의 앞뒤, 문단의 앞뒤, 단락의 앞뒤, 제목과 본문의 앞뒤가 맞아야 한다는 것이다. 그렇게 해서 말이 되어야 하는 것이다. 말이 되지 않으면 그 뜻을 헤아릴 기회조차 얻지 못한다. 말도 안 되는 소리! 그러면 그 말은 아무리 읽을 만한 내용을 담고 있다고 해도 읽을 필요가 없다. 말이 되도록 하는 것, 그것은 낱말을 선택할 때, 다음에 올 내용을 선정할 때 기준이 되는 매우 중요한 원칙이다.

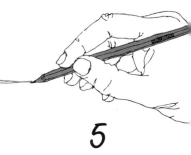

# 5
## 글쓰기의 대원칙 2
### : 풀어 쓰기!

풀어 쓰기는 문장, 문단, 단락의 주제를 믿을 수 있거나 이해하기 쉽게 쓰는 것을 말한다. 믿을 수 있는 근거를 대거나 설명하는 것이어서 그 둘을 모두 포함하도록 풀어 쓴다고 했다. 풀어 쓰기는 보여 주기, 예를 들기 등 방법은 여러 가지다. 하지만 이 모든 것은 결국 어떤 것을 풀어 쓴 것이다.

    앞뒤가 맞아야 한다는 글쓰기의 대원칙에 이어 또 다른 대원칙이 있다. 이것 말고 더는 없으니 안심하시라. 그것은, 앞뒤를 맞게 쓰되, 앞말이 어려우면, 앞말이 이해하기 힘들면, 앞말이 무슨 뜻인지 알 수 없을 것 같으면, 앞말을 풀어서 뒷말에 써야 한다는 것이다.

    대원칙 2는 대원칙 1의 연장선에 있다. 앞뒤를 맞게 쓰기 위해 풀어서 쓰기 때문이다. 하지만 의식하는 것 같지는 않다. 풀어서 쓰지 않으면 앞뒤가 맞지 않을 것을 알기 때문에 풀어 쓰기를 하는 것이다. 물론 어떤 글쓴이는 일부러 풀어 쓰지 않기도 한다. 풀어 쓰지 않는 것이 주는 묘미도 있기 때문이다. 하지만 일반적인 이해를 위한 글에서는 풀어 쓰기가 생기게 마련이다.

풀어 쓴다는 것은 풀어 쓸 대상이 있다는 것을 알고 있다. 그 대상은 무엇일까? 마땅히 풀어 쓸 필요가 있는 것들일 터이다. 그것은 제목<sub>부제로</sub>, 글쓴이<sub>소속 또는 약력 등으로 물론 없어도 된다</sub>, 본문 중에 단락<sub>대표적인 것이 예시 단락</sub>, 본문 중에 문단<sub>대표적인 것이 예시 문단</sub>, 본문 중에 문장<sub>대표적인 것이 ~ 때문이다 등 이유 문장</sub>, 본문 중에 단어<sub>대표적인 것이 비슷한 말로 다시 설명하는 것</sub> 등 글의 모든 부분이 다 풀어 쓸 대상이 된다.

풀어 쓴다는 것은 덩어리로 뭉쳐 있는 것을 낱개로 떼어 내는 것이다. 또는 엉킨 실타래를 매듭을 풀어내어 다시 가지런히 하는 것이다. 풀어 쓰면 대상은 더 자세하게 되고, 그 뜻은 분명해진다. 다음 예문을 보며 이야기해 보자.

> 나는 어제 눈을 감고 텔레비전을 보았습니다.

눈을 감고 텔레비전을 본다는 것은 있을 수 없는 일이다. 그래서 이 문장은 말이 되지 않는다. 즉 글쓰기의 대원칙을 벗어난 것이다. 그러므로 이 문장은 이해의 대상이 되지 못한다. 더 읽을 가치가 없다는 말이다.

그런데 말이 되지 않는 이 문장도 풀어 쓰면 말이 될 수 있다. 왜냐하면 현재 눈을 감고 무엇을 본다는 것은 불가능하지만, 현대 과학의 눈부신 발달을 미루어 짐작해 보면 가능할 수도 있기 때문이다. 뇌파를 읽어 생각을 읽어 내는 실험은 꽤 오랫동안 진행된 것으로 알려져 있다. 그래서 다음과 같은 문장이 가능하다.

> 나는 어제 눈을 감고 텔레비전을 보았습니다. 새로 나온 텔레비전 보기용 안경 덕분에 가능한 일이었습니다.

이렇게 해서 말이 되지 않은 글이 말이 되었다. 그런데 이런 글이 생겨난 이유는 무엇일까? 그것은 앞의 문장이 사실인데, 아마도 읽는 사람들이 이것을 사실로 받아들이기 어려울 것이라고 생각했기 때문이다. 그렇지 않다면 뒤에 있는 문장은 필요 없기 때문이다. 글쓰기 대원칙 2가 있는 것이다.

풀어 쓰는 방법은 두 가지다. 하나는 문장 안에서 단어나 구로 풀어 쓰기, 다른 하나는 문장 밖에서 문장으로 풀어 쓰는 것이다. 위 예문은 두 번째 방법인 셈이다. 첫 번째 방법으로 하면, 이렇게 될 것이다.

> 나는 어제 눈을 감고, 새로 나온 텔레비전보기용 안경을 썼기 때문에 가능한 것, 텔레비전을 보았습니다.

또한 풀어 쓴 문장이 어려울 수 있고, 어렵지는 않지만 좀 더 자세한 정보를 주고 싶다는 등 매우 다양한 상황이 있을 수 있다. 그렇게 풀어 써야 할 이유도 많다. 하지만 결국 이런 모든 상황은 앞의 문장을 풀어서 쓰기 위한 것이라 볼 수 있다. 다음은 그런 예문.

> 나는 어제 눈을 감고, 새로 나온 텔레비전보기용 안경을 썼기 때문에 가능한 것, 텔레비전을 보았습니다. 새로 나온 안경은 뇌파를 활용해 눈을 감고도 텔레비전을 볼 수 있게 만든 것입니다.

다시 한 번 풀어 쓰기. 풀어 쓰기는 의식하지 못하는 글쓰기의 대원칙 중의 하나라는 사실. 독자를 생각한다면, 항상, 문장을 쓰고 나서 이 문장을 독자가 쉽게 이해할 것인지 생각하며 써야 한다. 또 풀어 쓰기는 다양한데, 그것은 모두 문장을 이해하기 위해 앞뒤를 맞추는 과정으로 볼 수 있다.

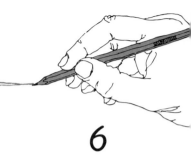

# 6

## 글쓰기의 대원칙을 한눈에?
## 바로 '서감도'!

하노이의 탑으로 말하자면 '글쓰기의 대원칙 1 – 말이 되어야 한다!'는 큰 원판을 작은 원판 위에 놓을 수 없다는 대원칙을 말한 셈이다. 좀 자세히 얘기한 셈이다. 그리고 '글쓰기의 대원칙 2 – 바로 풀어 쓰기!'는 대원칙에 따라오는 부차적인 부차적이지만 대원칙만큼이나 중요한 원칙의 설명이다.

이어지는 '글쓰기의 대원칙을 한눈에? 바로 '서감도'!는 글이 대원칙을 지키며 어떻게 구성되어 있는지 한눈에 볼 수 있는 방법 툴 (tool) 혹은 소프트웨어 같은 것을 설명한다. 하노이의 탑으로 말하자면, 서감도는 글쓰기 전 과정을 표현한 것이라고 할 수 있다. 하노이의 탑의 경우에는 원판을 옮길 때마다 그려야 옮기는 전 과정을 표현하겠지만, 글쓰기에서는 원판이 모두 옮겨진 상태까지 그릴 수 있어 매우 유용하다. 직접 보는 것이 가장 빠르니 설명은 그만 하자. '서감도'란 이름과 내용은 시인 이상의 〈오감도〉에서 얻었다. 그의 시에서 이야기를 시작한다.

이상의 〈오감도(烏瞰圖)〉는 매우 난해한 시로 유명하다. 널리 알려졌듯이 '오감도'는 건축 용어 조감도(鳥瞰圖)에서 따왔다고 한다. 조감도는 새(鳥)가 하늘에서 내려다본 도면. 이상은 이 새(鳥)를 까마귀 오(烏)로 바꾼 것이라고 한다. 이상이 까마귀를 선택한 이유는 암울한 시대를 표현하기 위해서라는 것이 일반적인 견해다. 난 잘 모르겠다.

조감도, 오감도가 건물을 내려다본 도면이라면, '서감도'는 글을 내려다본 도면이다. 서감도는 한마디로 글의 조감도다. 글을 도면으로 표현할 수 있다는 사실을 발견한 것은 우연이었다. 사실 이런 발견은 대부분 우연이다. 알지 못하는 것을 어찌 의도적으로 알 수 있으랴.

그것은 그저 순간, 〈오감도〉의 '감도'란 단어와 글이 연결된 것뿐이었다. 물론 그 연결은 〈오감도〉 내용 때문이었다. 〈오감도〉의 내용을 전혀 알 수 없어 대략의 뜻만이라도 알아볼까 해서 좀 멀찌감치 떨어져 보려 한 것이다. 그러다 '설계도 반도체 회로기판 같은'처럼 글을 기호로 나타낼 수 있지 않을까, 그런 생각이 들었다. 그리고 그것은 이미 부모 문장, 자식 문장, 형제자매 문장이 있다는 것을 발견했기 때문에 가능한 생각이었다. 그러니까 글을 여러 내용물로 분석하고, 그 내용물을 기호로 표시할 수 있다는 생각을 하고 있었기 때문에 가능한 것이었다. 하여간 〈오감도〉에서 '감도'란 이름을, 그리고 '난해한 내용'에서 글을 '건축 설계도'처럼 표현해 봐야겠다는 생각이 든 것이다. 그러니까 서감도는 글의 설계도<sub>설계도를 생각할 수 있었던 것은</sub> <sub>개요를 글의 설계도라 하여 이미 익숙했기 때문일 게다.</sub> 즉, 글을 '감'<sub>본</sub>한 '도'<sub>그림</sub>인 셈이다. 자세한 얘기는 〈오감도〉를 직접 보면서 이야기하자.

〈오감도〉가 너무 어렵다 보니, 그저 신상품을 보고 어떻게 생겼는지 여기저기 뜯어보는 것처럼 〈오감도〉를 이리저리 쳐다보다 서감도를 떠올린 이야기다. 난해한 시의 내용과 관계가 없다. 다시 한 번 말하지만, 〈오감도〉가 가리키는 것은 내용이 어려워 겉모양에 빠져 서감도를 발견한 것이지 난해한 시의 내용이 아니다. 〈오감도〉에서 서감도를 생각하게 되었구나! 그 외에 아무것도 없다. 〈오감도〉에서 서감도의 기본이 되는 앞뒤가 맞아야 한다는 사실과 그것을 설계도<sub>반도체 회로기판 같은</sub>처럼 나타낼 수 있지 않을까 하는 생각을 한 이야기다.

# 오감도(鳥瞰圖)

## - 시 제1호

13인의아해(兒孩)가도로로질주하오.
(길은막다른골목이적당하오.)

제1의아해가무섭다고그리오.
제2의아해도무섭다고그리오.
제3의아해도무섭다고그리오.
제4의아해도무섭다고그리오.
제5의아해도무섭다고그리오.
제6의아해도무섭다고그리오.
제7의아해도무섭다고그리오.
제8의아해도무섭다고그리오.
제9의아해도무섭다고그리오.
제10의아해도무섭다고그리오.
제11의아해도무섭다고그리오.
제12의아해도무섭다고그리오.
제13의아해도무섭다고그리오.

13인의아해는무서운아해와무서워하는아해와그렇게뿐이모였소.
(다른사정은없는것이차라리나았소.)

그중에1인의아해가무서운아해라도좋소.
그중에2인의아해가무서운아해라도좋소.

그중에2인의아해가무서워하는아해라도좋소.
그중에1인의아해가무서워하는아해라도좋소.
(길은뚫린골목이라도적당하오.)

13인의아해가도로로질주하지아니하여도좋소. 〈1934년7월24일〉

읽어 본 적이 있으신지?

띄어쓰기가 없는 시(詩). 도대체 무슨 말을 하는지 알 수 없는 내용으로 유명한 이상의 〈오감도〉다. 언제부터인가 고등학교 교과서에도 실렸으니 꽤 많은 분이 알고 있을 것이다.

이 시를 처음 접했을 때의 느낌은 모두 다를 것이다. 그런데 저마다 똑같이 느낀 것도 있을 것이다. 무슨 말인지 하나도 모르겠다. 도대체 무슨 뜻이야? 시가 발표된 후 당시 독자들의 항의가 빗발쳤다고 한다. 아마도 독자께서는 '무슨 미친놈의 잠꼬대냐?'는 당시 독자의 항의에 공감이 갈 것이다.

워낙 특이한 시였기에 기억하고 있는 사람이 많을 것이다. 도통 무슨 뜻인지 알 수 없어 여러 해설이 기억에 남는 사람도 많을 것이다. 필자의 경우도 그랬는데, 그래서 주제가 공포라거나 13이라는 숫자의 의미 등 몇몇 주워들은 이야기가 기억에 남아 있다. 하지만 솔직하게 말하자면, 이 시의 내용은, 아직도 전혀 모르겠다. 그리고 우습게도 나는 이 시와는 전혀 관계없는 내용으로 이 시를 다시 보게 되었다. 그건, 이 시는 왜 어려운가? 하는 것이었다. 다음은 어렵다고 생각한 이유들.

첫째, 사람들은 살아가면서 자신만의 독특한 경험을 하게 된다. 그 과정에서 자신만의 생각을 하게 마련인데, 그때 같은 단어라도 다른 뜻으로 생각하게 된다. 예를 들어 보통 사람들에게 곰 인형은 일반적인 귀여운 인형일 수 있다. 그러나 누군가에게는 결혼하자고 할 때 받은 선물일 수 있다. 그렇게 되면 그 곰 인형은 보통 인형이 아니다. 매우 중요한 것이 되는 것이다. 이렇게 사람에 따라 단어의 의미가 다를 수 있다. 이를 사적 언어라고 한다. 누구나 사적 언어를 갖게 마련이다. 다시 본론으로 돌아가자.

그러니까 〈오감도〉는 시인이 사적인 언어로 사용했음 직한 시어들이 많다. 물론 100% 사적 언어는 아닐 것이다. 그러므로 해석이 가능하기는 할 것이다. 즉 '오감도'와 '13', 그리고 '아해', '도로', '질주', '무섭다' 등 거의 모든 시어들이 일상의 용어지만, 일상의 뜻에 다른 뜻이 있다고 봐야 할 단어들이다. 왜냐하면 해석이 안 되기 때문이다. '오감도'는 그중 쉬운 편이다. 조감도의 조(鳥) 자를 오(烏) 자로 바꾼 것은 어찌 보면 재미있는 표현으로 볼 수 있다. 그러나 '13'은 다르다. 13은 아해가 13명이라는 것은 알 수 있지만 왜 13명인지는 알 수 없다.

둘째, 〈오감도〉를 이해하기 어려운 이유는 앞서 지적한 단어의 문제에서 이어진다. 단어의 뜻을 모르니 문장의 뜻도 당연히 알기 어렵다. 또 각 문장의 뜻을 이해하지 못하니, 왜 다음 문장이 이어지는지도 모른다. 결국 이해하기 어려운 단어에서 출발하기 때문에 글 전체가 암호문처럼 된다. 특히 2연의 1행부터 13행까지, 모두 13개의 문장은 1에서 13의 변화 이외에는 다른 변화 없이 반복되고 있어 더욱 풀기 어려운 암호 같다.

셋째, 이것 역시 첫 번째, 두 번째 문제에 이어지는 것으로, 연과 연 사이의 관계를 알 수 없다는 것이다. 1연은 2행이 있는데, 이 1행에 사용된 단어의 뜻도, 문장의 뜻도 알 수 없으니 당연히 1연의 의미도 알 수 없다. 2연 또한 마찬가지고, 나머지 연도 마찬가지다. 그러니 연과 연 사이의 맥락도 알 수 없다. 하여 다시 한 번 이해의 벽에 부딪혀 답답함을 느낄 뿐이다.

넷째, 앞서 얘기한 것처럼 단어, 문장, 연과 연 사이의 뜻을 알 수 없으니 전체적인 뜻을 알 수 없다. 그러니 역시 제목과 본문의 어울림을 이해할 수가 없다. 왜 제목이 '오감도'인지 알 수 없는 것이다. 또한 본문 전체에 흐르는 분위기, 상황을 모르는 것도 이유가 된다. 시인이 어떤 상황인지, 어떤 상황에서 무슨 말을 하려는지 알 수가 없다.

결국 〈오감도〉는 단어 이해의 어려움에서 출발해 시 전체의 뜻을 이해하기 어려운, 정말 소문대로 아주 난해한 시인 셈이다. 하여 간 그렇게 그 뜻을 헤아려 보려다 오감도란 제목에서 서감도를 떠 올린 것이다. 그리고 앞서 얘기한 글쓰기의 대원칙<sub>앞 뒤가 맞아야 하고, 그</sub> <sub>렇게 하기 위해 앞 문장이 어려우면 풀어 써야 한다는 것</sub>을 철저하게 피해 갔다는 생각 을 하게 된 것이다. 그런 생각을 하다가 글쓰기의 대원칙을 한눈 에 '오감(瞰<sup>볼 감</sup>)도'처럼 '감'<sup>볼</sup>할 수 있으면 좋겠다고 생각한 것이 다. 거기에 글의 모양도 표시하면 좋겠다는 생각까지 들었다. 그 렇게 서감도를 만들어 봤다.

우선, 글의 모양을 구분하기 위해 기호를 도입했다. 글은 몇 개 의 단락, 수십 개의 문단, 수백 개의 문장, 수천 개의 단어가 모여 만들어진다. 이 중에서 가장 큰 덩어리인 단락은 많지 않아서 로 마자 Ⅰ, Ⅱ, Ⅲ, ……으로, 문단은 A, B, C 등 영문 대문자로, <sub>글은 보</sub> <sub>통 영문자 숫자 이내의 문단으로 이루어지기 때문에</sub> 문장은 ①, ②, ③ 등 원 속의 번호 로, <sub>글에 따라 꽤 많은 문장이 있을 수 있기 때문에</sub> 단어는 ⓐ, ⓑ, ⓒ 등 원 속의 영문 소문자 <sub>한 문장 속에 단어는 그리 많지 않기 때문에</sub>로 나타내기로 한다. 그렇게 하 면 글을 한눈에 내려다볼 수 있게 된다.

앞서 말한 기호를 사용하면, 한 편의 글은 다음과 같이 나타낼 수 있다. 이를 '표준 서감도'라 하자.

# 제 목

**글쓴이**

I 〈첫 번째 단락〉

A 〈A문단〉

① 〈첫 번째 문장〉 ② 〈두 번째 문장〉 ③ 〈세 번째 문장〉

II 〈두 번째 단락〉

B 〈B문단〉

④ 〈네 번째 문장〉 ⑤ 〈다섯 번째 문장〉 ⑥ 〈여섯 번째 문장〉

III 〈세 번째 단락〉

C 〈C문단〉

⑦ 〈일곱 번째 문장〉 ⑧ 〈여덟 번째 문장〉 ⑨ 〈아홉 번째 문장〉

*〈 〉표시는 기호의 설명

여기서 설명 부분을 빼 보자. 그러면 다음과 같은 모양이 된다.

제 목

글쓴이

I A①②③

II B④⑤⑥

III C⑦⑧⑨

이 서감도는 제목과 글쓴이가 있고, 본문은 총 3개의 단락으로 구성되어 있으며, 각 단락에 한 개의 문단이 있고, 각 문단은 3개의 문장으로 구성되어 있는 글을 나타낸 것이다. 복잡하다고 생각했던 글이 너무 간단해서 이상한가?

이제 〈오감도〉를 서감도로 나타내 보자.

'오감도'는 제목이 되고, '시 제1호'는 부제가 된다. 또 1연은 Ⅰ〈첫 번째 단락〉이 되고, 첫 문장 ①〈첫 번째 문장〉이 있는 문단은 A문단〈첫 번째 문단〉이 된다.

## 오감도(烏瞰圖) –〈제목〉
### - 시 제1호 〈부제〉

A 〈A문단〉
① 〈첫 번째 문장〉 (② 〈두 번째 문장〉)
B 〈B문단〉
③ 〈세 번째 문장〉 ~ ⑮ 〈열다섯 번째 문장〉
C 〈C문단〉
⑯ 〈열여섯 번째 문장〉 (⑰ 〈열일곱 번째 문장〉)
D 〈D문단〉
⑱ 〈열여덟 번째 문장〉~㉑ 〈스물한 번째 문장(㉒ 〈스물두 번째 문장〉)
E 〈E문단〉
㉓ 〈스물세 번째 문장〉

　　　　　　　　　　* 문단은 단락으로 볼 수도 있다.
　　　　　　　　　　* 낱말 ⓐ ⓑ ⓒ 등은 생략하였다.

　여기서 〈　〉안의 설명을 빼고, 기호만 남겨 간략하게 나타내면
다음과 같다.

오감도(烏瞰圖)
-시 제1호

A①(②)
B③④⑤⑥⑦⑧⑨⑩⑪⑫⑬⑭⑮
C⑯(⑰)
D⑱⑲⑳㉑(㉒)
E㉓

* 문단은 단락으로 볼 수도 있다.
* 낱말 ⓐ ⓑ ⓒ 등은 생략하였다.

즉, 〈오감도〉는 모두 5개의 단락 또는 문단과 23개의 문장으로 이루어진 글이다. B문단 또는 단락에 문장이 몰려 있는 것으로 보아 아마도 뜻이 여기에 들어 있을 가능성이 있다. 물론 이것은 짐작일 뿐이다. 어찌 되었든 이렇게 서감도를 보면 글을 다시 볼 수 있는 기회가 생긴다.

또, 서감도를 모든 글에 적용하면 다음과 같다.

# 제목

I  A① ② ③
   B④ ⑤ ⑥
   C⑦ ⑧ ⑨
    · · ·
   Z ⑬ ⑭ ⑮

II A① ② ③
   B④ ⑤ ⑥
   C⑦ ⑧ ⑨
    · · ·
   Z ⑬ ⑭ ⑮

III A① ② ③
   B④ ⑤ ⑥
   C⑦ ⑧ ⑨
    · · ·
   Z ⑬ ⑭ ⑮

* 낱말 ⓐ ⓑ ⓒ 등은 생략하였다.

이렇게 하면 글의 조감도인 서감도를 만들 수 있다. 이것은 모든 글이 제목 – 글쓴이 – 본문(단락 – 문단 – 문장 – 단어)의 구조를 갖기 때문이다. 물론 이 표준 구조와 다른 글도 있다. 거의 대부분의 글이 그렇다는 애기다.

서감도가 이 책의 전부는 아니다. 오히려 이제부터 시작이다. 서감도 속에 숨어 있는 이야기가 사실 이 책의 뜻이다. 그 이야기는 곧 다음 장에서 시작할 예정이고, 서감도를 사용하면 글의 여러 가지 성질을 발견할 수 있다는 이야기로 이 장을 마무리한다.

첫째, 서감도는 글의 단락, 문단, 문장, 단어들이 어떻게 유기적으로 연결되어 있는지 분명하게 보여 준다. 서감도는 문장 등 글을 이루고 있는 성분을 기호로 표시한 것이기 때문이다. 문장의 의미를 제외한 논리 구조를 한눈에 파악할 수 있다.

둘째, 서감도로 글을 보면, 실제 글들이 생각보다 복잡하지 않음을 알 수 있다. 왜냐하면 단락은 많아야 5개 정도이며, 문단도 생각만큼 많지 않고, 문장도 그렇기 때문이다. 5~6개 정도의 문장이 하나의 문단을 이루는 것이 보통이고, 적정한 문장은 10개 이내의 단어로 이루어져 있다.

셋째, 다소 충격적인 사실인데, 한 편의 글에 담을 수 있는 생각은 제한되어 있다는 것이다. 물론 글은 세상의 어떤 생각도 담을 수 있다. 그러나 한 편의 글은 첫 문장부터 제한을 받기 시작하기 때문이다. 두 번째 문장은 또한 앞의 문장인 첫 번째 문장에서 자유롭지 못하다. 그렇게 뒤에 있는 문장이 앞 문장의 제한을 받는 것은 글을 이루는 모든 요소가 논리적으로 연결되어 있기 때문이다. <sub>뒤에서 좀 더 자세하게 보여 줄 예정이다.</sub> 글은 그렇게 무한 자유가 아니다. 오히려 유한 자유다. 그래서 말하기, 듣기, 읽기, 쓰기가 가능하다고 볼 수 있다. 유한한 조건 속에서 의미가 분명해지기 때문이다.

# 7
## '글'의 '뜻'을 한눈에?
## 바로 부모, 자식, 형제자매 문장!

부모 문장, 자식 문장, 형제 문장은 글쓰기 과정을 설명하기 위한 문장 이름이다. 글은 문장 중심인데, 문장의 뜻이 이해하기 쉬우면 다른 문장으로 이어 가며 주제를 펼쳐 나간다. 이때 이해하기 어려운 문장이 있으면 이해를 돕기 위해 풀어 쓰기를 한다. 그러면 풀어 쓴 문장이 생겨난다. 이 문장은 풀어 쓸 대상과 관계가 생긴다. 풀이 문장은 풀어 쓸 문장에서 생겨나기 때문에 일상의 용어로 부모-자식 관계에 빗댄 것이다. 형제 문장은 두 번째 자식과 첫 번째 자식의 관계를 말한다.

서감도는 글의 모양을 한눈에 볼 수 있는 장치다. 이제 여기에 글의 뜻을 한눈에 볼 수 있는 장치를 만들어 보려고 한다. 그런 일이 가능할까?

그 이야기를 하려면 다시 풀어 쓰기로 돌아가야 한다.

풀어 쓰기는 앞뒤를 맞추는 과정에서 생겨났다고 했다. 앞의 문장만으로는 그 뜻을 충분히 전달할 수 없기에 뒤에 그 뜻을 풀어서, 좀 더 자세하게 설명하려는 것이라 했다. 이 문장의 앞 문장을 좀 더 이해하기 쉽게 하기 위해 이 문장을 쓴 것과 같다. 이렇게 문장은 풀어 쓸 문장과 풀어 쓴 문장으로 나누어 볼 수 있다. 너무 쉬운 얘기여서 뭐 더 풀어 쓸 것이 없는 내용이다. 그 래서 앞으로 풀어 쓸 문장과 풀어 쓴 문장을 구별해 보려고 한다.

> 나는 어제 눈을 감고 텔레비전을 보았습니다. 새로 나온 텔레비전 보기용 안경 덕분에 가능한 일이었습니다.

위 예문에서 앞의 문장이 풀어 쓸 문장이고, 뒤의 문장이 풀어 쓴 문장이다. 구별은 어렵지 않을 것이다. 이제 이 두 문장을 구별하기 위해 이 름을 붙여 보자. 풀어 쓴 문장은 풀어 쓸 문장이 있어야 나올 수 있 기 때문에, 그리고 그 내용도 풀어 쓸 내용이기 때문에, 부모 자식 관계 같다. 그래서 앞의 풀어 쓸 문장을 부모 문장이라 부르고, 뒤 의 풀어 쓴 문장은 부모 문장에서 나왔으니 자식 문장이라 부르 자. 더 좋은 이름도 있겠지만 일단 이렇게 부르자.

이제 부모 문장과 자식 문장에 대해 좀 더 생각해 보자.

부모 문장은 하고 싶은 말에 가깝다. 즉, 글의 뜻을 담은 문장이 다. 그런데 혹 믿지 못할까 봐, 오해할까 봐, 간과할까 봐, 풀어 쓰 는 문장이다. 다시 말하면, 부모 문장과 자식 문장이 있을 때 주제 는 보통 부모 문장에 있다. 물론 아닌 경우도 있다. 그러니까 주제를 찾으려면 우선 부모 문장을 찾아야 하는 셈이다. 이것은 독해할 경우 매우 유용하다.

반면 자식 문장은 하고 싶은 말이 아니다. 물론 하고 싶은 말과 관련이 있다. 하고 싶은 말을 설명하기 위한 문장이다. 그렇기 때문에 독립적인 문장이 아니다. 그러므로 생략할 수도 있는 문장이다. 물론 생략했을 경우 부모 문장에 담은 뜻이 불완전해질 수 있다. 아주 쉬운 예문이 있다. 바로 예를 든 문장이다. 앞 문장의 이해를 위해 예를 든 문장은 생략할 수 있다.

자식 문장은 중요한 문장이다. 글의 뜻을 표현하는 여러 역할을 하는 문장이기 때문이다. 말하기나 쓰기나 결국 하고 싶은 말이 한마디로 끝나지 않은 이유는 부모 문장만으로 이해하기 어렵기 때문이다. 즉 부모 문장은 주제의 여러 부문을 포함하고 있기 때문이다. 자식 문장은 부모 문장의 한마디로 끝나지 않는 여러 내용을 풀이하면서 문장을 이어 가고, 한 편의 글을 만든다. 대원칙을 위해 출발해서 비중이 정말 커졌다.

그렇다고 부모 문장이 중요하지 않다는 것은 아니다. 글에서 부모 문장의 비중은 매우 크다. 자식 문장과는 비교가 되지 않는다. 글은 부모 문장을 위한 것이다. 부모 문장을 떼어 놓고는 글의 뜻을 생각할 수조차 없다. 다만, 자식 문장은 그 태생에 비해 비중이 커졌다는 것이다.

하지만 이제 부모 문장이나 자식 문장, 어느 것 하나 중요하지 않은 것이 없다. 분명한 제 역할이 있고, 그 역할이 없으면 글의 뜻이 온전하지 않을 수 있기 때문이다. 하여간 문장은 부모 문장과 자식 문장으로 나눌 수 있다는 것이다.

이제 이름이 있으니 구별이 가능할 것이다. 그런데 이 두 문장을 눈으로 구별할 수는 없다. 자꾸만 눈으로 확인하려는 것은 언어를 감(感)으로 생각하여, 글의 뜻을 감 잡으려는 경향에 제동을 걸기 위해서다. 자세한 이야기는 차차. 그래서 눈으로 확인할 수 있는 방법을 찾아보았다.

**나는 어제 눈을 감고 텔레비전을 보았습니다.** 새로 나온 텔레비전 보기용 안경 덕분에 가능한 일이었습니다.

부모 문장을 진하게 표시했다. 어떤가? 어쨌든 두 문장을 눈으로 구별할 수 있게 되었다. 주제 문장을 한눈에 볼 수 있게 된 것이다. 이제 무엇이 무엇을 설명하고 있는지 한눈에 드러난다.

다른 방법도 있다. 예를 들어 문장에 따라 색을 달리하여 구별할 수 있다. 또 앞의 서감도처럼 ①, ①-1 등의 식별 기호를 사용할 수도 있다. 표현 방식은 용도에 따라 다르다. 예를 들어 책을 읽을 때는 책의 문장을 진하게 표시할 수 없으므로 서감도처럼 ①, ①-1 등의 식별 기호가 유용하다. 글을 쓸 경우에는 문장에 따라 색

을 달리할 수 있으므로 색문장이나 진한 문장 등이 가능하다. <sub>여기서</sub>
는 컬러 문제로 농담(濃淡)으로만 표현한다.

특히 ①, ①-1 등의 번호 식별 기호는 색문장이나 다른 식별 방
법과 병행하여 사용할 수 있고, 서감도에 맞게 표현할 수도 있으
며, 그 방법이 간단해서 매우 유용하다.

부모 문장은 ①, ②, ③ 등 원숫자로, 자식 문장은 각각 부모 문장
에서 나왔다는 표시로 ①-1 <sub>부모 문장 - 첫째 자식 문장</sub>, ①-2 <sub>부모 문장 - 둘째 자식</sub>
<sub>문장</sub> 등으로 나타낸다. <sub>앞으로 병행 표시.</sub>

### 1) 형제, 자매, 남매 문장

글을 한눈에 보기 위해 필요한 문장이 아직 한 가지 더 있다. 형
제자매 문장이다. 줄여서 형제 문장이라고 하자. <sub>실제 형제란 말은 형제, 자</sub>
<sub>매, 남매를 통칭하는 의미가 있다.</sub> 형제 문장은 말 그대로 자식들 간의 관계를
나타낸다. 첫째와 둘째, 셋째가 있다면 모두 형제간<sub>형제, 자매, 남매를 통</sub>
<sub>칭하여</sub>이다. 즉 문장에서도 첫째 자식 문장, 둘째 자식 문장, 셋째 자
식 문장이 있을 수 있다. 일단 보고 얘기를 이어 가자.

> **나는 어제 눈을 감고 텔레비전을 보았습니다.** 새로 나온 텔레비전보
> 기용 안경 덕분에 가능한 일이었습니다. 그리고 텔레비전은 일반 텔
> 레비전입니다. (①, ①-1, ①-2)

여기서 첫 번째 문장은 부모 문장, 두 번째 문장과 세 번째 문장은 자식 문장이다. 세 번째 문장 역시 부모 문장을 풀이했기 때문이다. 그러므로 두 번째 문장과 세 번째 문장은 형제간이다. 즉 두 문장은 형제 문장이다. 두 문장은 동급(同級)이다. 문법적으로 같은 형식이며, 같은 수준의 뜻을 담고 있는 문장이다.

형제 문장은 자식 문장 하나로 충분한 설명이 되지 않기 때문에 생겨난다. 어떤 이유에서 썼건 결국 두 번째 이상의 자식 문장은 첫 번째 자식 문장으로 해결할 수 없는 문장 상황에서 생겨나는 것이다.

그리고 형제 문장은 모두 다 같은 자식 문장이므로 그 표현법은 자식 문장과 같다. 즉 위의 예와 같다. 두 자식 문장 모두 보통 굵기로 표시되어 있다.

## 2) 손자, 손녀 문장

글의 뜻을 한눈에 보기 위해서, 부르자면 손자, 손녀 문장이라고 해야 할 문장 등이 더 있다. 하지만 이 손자, 손녀 문장을 비롯해 사촌 문장 등 모든 문장은 자식 문장과 형제 문장의 범주에 있다. 그러므로 이 밖의 문장을 따로 부를 필요는 없을 것이다. 글에 따라 그때그때 불러 주면 된다. 또 그것을 한눈에 볼 수 있도록 표현할 수도 있다. 예를 들어 아래의 손자, 손녀 문장을 보자.

> **나는 어제 눈을 감고 텔레비전을 보았습니다.** 새로 나온 텔레비전보
> 기용 안경 덕분에 가능한 일이었습니다. 이 안경은 A사 것입니다.
> 그리고 텔레비전은 일반 텔레비전입니다. (①, ①-1, ①-1-1, ①-2 )

　여기서 세 번째 문장은 두 번째 문장인 자식 문장의 자식 문장이
다. 그러므로 첫 번째 문장인 부모 문장 입장에서 보면 손자, 손녀
문장이 되는 것이다. 그리고 이를 다음과 같이 글자의 크기를 달
리하여 표현할 수 있다.

> **나는 어제 눈을 감고 텔레비전을 보았습니다.** 새로 나온 텔레
> 비전보기용 안경 덕분에 가능한 일이었습니다. 이 안경은 A사 것입니다.
> 그리고 텔레비전은 일반 텔레비전입니다. (①, ①-1, ①-1-1, ①-2 )

　마무리하자.
　그러니까 글의 뜻을 한눈에 볼 수 있는 장치를 소개하는 것이 이
글의 목적이었다. 그리고 그 장치는 글쓰기의 대원칙에서 출발한
풀어 쓰기가 자식 문장이 되고, 앞 문장이 부모 문장이 되고, 자식
문장이 둘 이상일 때와 부모 문장이 둘 이상이 될 때 이것은 예문을 들지 않

앞지만 자식 문장과 같은 구조다. 형제 문장이 된다는 것이다. 그리고 뜻을 담은 문장에 따라 구별하여 표현할 수 있는 방법 진하게, 번호로, 글자의 크기 등 등으로이 있다는 것이다.

# 8
# 세상의 모든 '글'

이제 세상의 모든 글을 100% 고유한 구조를 가진 서감도로 나타내 볼까 한다. 물론 그 글의 뜻도 함께 드러낼 것이다. <sup>방법은 이미 앞에서 다 설명했다.</sup> 그렇게 글을 한눈에 보려고 한다. 그리고 그것을 모델로 글쓰기를 눈에 보이게 설명하려 한다. <sup>거기까지 가려면 아직 시간이 더 필요하다.</sup> 우선 부모 문장, 자식 문장, 형제 문장 말고 자주 등장하는 부수적인 문장들을 살펴보자.

## 1) 반복 문장 : ①´, (①-1)´, ①˝

일상에서도 했던 말을 다시 하는 경우가 흔히 있다. 몰입해서 말하다 보면, 자신도 모르게 반복하게 되기도 하는데, 그것이 다 강조하려는 데서 나온다. 글에서도 그렇다.

부모 문장에서 글을 출발해서 자식 문장을 통해 자세하게 설명하고 나서도 부족한 부분이 있거나 강조하고 싶으면 반복하는 경우가 있다. 이 문장은 결국 어떤 문장의 반복 문장이 된다. 즉 반복 문장은 문장의 뜻에 큰 변화 없이 다시 한 번 강조하거나 상기시킬 때 사용한다.

원문장<sub>반복의 대상이 되는 문장</sub>에 새로운 뜻이 추가되지 않아 사실상 원문장을 반복하는 경우가 있다. 부모 문장 ①을 반복했다면 ①′으로 표시한다. 여기서 ''''은 반복의 의미를 나타낸 기호로 보면 될 것 같다.

또 반복 문장은 부모 문장만을 반복하는 것이 아니다. 자식 문장도 반복할 수 있다. 그때는 (①-1)′로 표현한다. 또다시 반복했다면 ①″로 나타낼 수 있다. 그 밖에도 얼마든지 문장을 반복할 수 있으므로 다양한 형태의 반복 문장이 있을 수 있다. 드문 경우지만 반복한 문장을 다시 반복했다면 (①′)′로 나타낼 수 있다. 다시 한 번 말하지만 글은 자유롭다. 그래서 정말 상상하기 힘든 문장도 나올 수 있으니, 서감도에도 상상 이상의 기호가 등장할 수 있다.

다행히도 반복 문장의 형태가 무엇인지 미리 알 수 있는 장치가 있다.

> **모든 글은 단락, 문단, 문장, 낱말, 그리고 제목으로 이루어진 서감
> 도를 갖는다.** *다시 말하면, 앞의 5가지 요소가 글의 핵심 기둥이며,
> 글은 이 5가지 재료로 이루어진 조감도인 셈이다.* (①, ①′)

　문장을 반복하는 문장은 '즉', '다시 말하면' 등 반복된다는 것을
미리 알리는 말이 문장 앞에 오는 경우가 많다. 그 말은 '즉', '다시
말하면'과 같은 부사와 부사 어구들이다.

　생각건대 어찌 보면 이런 일은 자연스럽다. 말과 글이 스스로 논
리를 갖기 때문에 말과 글 속에 이런 장치가 스며들게 된 것으로
보인다. 지시어나 이유를 나타내는 ～ 때문이다 등도 모두 비슷한
상황으로 이해할 수 있다. 하여간 신기한 일이다.

　그러나 그렇지 않은 경우도 있다.

> **모든 글은 단락, 문단, 문장, 낱말, 그리고 제목으로 이루어진 서감
> 도를 갖는다.** *이 말은 앞의 5가지 요소가 글의 핵심 기둥이며, 글은
> 이 5가지 재료로 이루어진 조감도라는 뜻이다.* (①, ①′)

　이 예문에서는 '①′'이 말은'이 앞의 문장을 말하고 있다. 이렇게

직접 앞 문장을 받는 말도 반복 문장임을 알 수 있는 장치가 된다. 또 다음 예문에서 알 수 있듯이 다른 표현 없이 바로 내용을 언급하기도 한다.

> **모든 글은 단락, 문단, 문장, 낱말, 그리고 제목으로 이루어진 서감도를 갖는다.** *앞의 5가지 요소가 글의 핵심 기둥이며, 글은 이 5가지 재료로 이루어진 조감도인 셈이다. (①, ①′)*

어떤 경우든 원문장의 뜻을 반복하면 ①′문장으로 보아야 한다. ①번 문장을 또다시 반복할 수도 있는데, 그 문장은 ①″로 표시할 수 있다. 두 번이나 반복하면 이미 잔소리이기 때문에 이런 경우는 매우 드물다.

> **모든 글은 단락, 문단, 문장, 낱말, 그리고 제목으로 이루어진 서감도를 갖는다.** *다시 말하면, 앞의 5가지 요소가 글의 핵심 기둥이며, 글은 이 5가지 재료로 이루어진 조감도인 셈이다. 다시 한 번 강조하지만, 5가지 재료가 글의 가치를 결정하는 중요한 요소다. (①, ①′, ①″)*

## 2) 한 문장으로 보아야 할 문장 : 묻고 답하는 문장 ①

질문을 하고 답을 하는 글이 종종 있다. '~은 무엇인가?' 하고 묻고, '~이다.' 라고 답변하는 경우다. 이 경우 문장은 두 개지만 실제로는 하나의 문장 구조다. 실제 문장은 문과 답을 하나로 하면 된다.

> **이 책은 무엇을 말하는가? 글쓰기가 어렵지 않다는 것을 말한다. (①)**

## 3) 두 문장을 동시에 풀어 쓰는 문장 : (①+②)-1

가벼운 주제의 경우, 풀이 문장 없이 부모 문장만 연속될 수 있다. 그러면 ①, ②의 모양이 되는데, 세 번째 문장은 이 ①, ②를 모두 아우르며 풀이할 수 있다. 이렇게 (①+②)-1이란 풀이 문장이 있을 수 있다.

> **읽기에는 규칙이 있다. 또한 글쓰기에도 규칙이 있다.** 읽기와 글쓰기의 규칙은 사실 같은 것으로, 그것은 '말이 되느냐' 여부다. (①, ②, (①+②)-1 )

풀이 문장이 길어지면 잔소리 같은 느낌이 든다고 했다. 두 문장을 한꺼번에 다루는 것도 자칫 문장을 복잡하게 만들 수 있다. 그래서 풀이 문장을 쓸 때, 한 문장씩 다루는 것이 좋다.

세 문장을 동시에 풀어 쓰는 문장, (①＋②＋③)-1도 가능하다. 더더욱 드물지만 네 문장, 다섯 문장도 이론적으론 가능하다. 게다가 너무 복잡하긴 하지만 이 문장의 풀이 문장이 불가능한 것도 아니다.

## 4) 순서가 불규칙한 문장 : ①-1, ①, ②

보통, 문장은 순서대로 펼쳐진다. 그것이 '앞뒤가 잘 맞기' 때문이다. 그런데 그렇지 않은 경우도 있다. 글쓴이가 강조하려고 한 경우도 있고, 쓰다 보니 그렇게 된 경우도 있다.

> 도치는 위치를 바꾼다는 뜻이다. 제 위치에 변화를 주어 강조하는 수사법으로 도치법이라는 것이 있다. 이렇게 사용할 단어의 의미를 먼저 알려 주는 글이 종종 있다. 반면 문장을 먼저 쓰고, 곧이어 단어를 설명하는 경우도 있다. (①-1, ①, ②, ③)

이런 경우 ①번 문장과 ①-1 문장이 바뀌어 글쓴이가 하고 싶은 이야기가 무엇인지 혼란스러울 수 있다. 보통은 첫 번째 문장에서 말이 시작되기 때문이다. 이때는 부모 자식의 관계를 따져 어느 문장이 어느 문장에서 나왔는지 따져보면 이해하기 쉽다.

실제 글은 지금 소개한 것보다 더 많은 문장 관계가 있을 것이다. 그 모든 것을 알지 못한다고 해도, 실제 글을 맞닥뜨렸을 때 겁낼 것은 없다. 왜냐면 어떤 문장이든 부모 문장, 자식 문장, 형제 문장의 범주에 있기 때문이다. 한 문장에서 얼마나 다양한 형태의 글이 생겨날 수 있는지, 다음 서감도로 확인해 보자.

제목

①, ②, ③
→①, ①-1, ②, ③
→①, ①-1, ①-1-1, ②, ③
→①, ①-1, ①-1-1, ①-2, ②, ③
→①, ①-1, ①-1-1, ①-2. ①-2-1, ②, ③
→①, ①-1, ①-1-1, ①-2. ①-2-1, ①-3, ②, ③
→①, ①-1, ①-1-1, ①-2. ①-2-1, ①-3, ①-3-1, ②, ③
→①, ①-1, ①-1-1, ①-2. ①-2-1, ①-3, ①-3-1, ①´ ②, ③

세 개의 문장 중에서 ①번 문장 하나만을 변형시켜 보았다. 풀이 문장이 있는 것, 그 풀이 문장의 풀이 문장이 있는 것, 두 번째 풀이 문장이 있는 것, 그 풀이 문장의 풀이 문장이 있는 것, 세 번째 풀이 문장이 있는 것, 그 풀이 문장의 풀이 문장이 있는 것, 그리고 마지막으로 반복 문장을 가상으로 펼쳐 본 서감도다.

서감도에서 눈으로 확인할 수 있듯이, 글이 매우 다양해지는 것을 알 수 있다. 서감도의 변형에는 사실 제한이 없다고 할 수 있다. 그러나 분명한 건 이렇게 제한이 없는 글이지만 실제 하나하나의 문장은 앞 문장의 제한을 받는다. 제한 속의 자유, 이것이 글이다.

# 9
# 연결어,
# 숨어 있는 논리를 연결하다

●

연결어는 접속사를 포함하는 말이다. 문장과 문장 사이의 논리 관계를 나타내 주며, 문장과 문장의 연결을 부드럽게 해 주는 모든 말을 포함한다. 그것이 지시어든 접속사든, 아니면 그 어떤 것이든 상관없다.


　이번에는 서감도를 통해 불분명한 글 속에서 불분명한 뜻을 복원하는 작업을 해 보려고 한다. 이 작업은 글쓴이가 잘못 쓴 글을 찾고, 글쓴이가 쓰고자 했던 뜻을 이해하는 데 꽤 쓸모가 있다. 그리고 내가 무엇을 써야 하는지 찾아가는 데도 쓸모가 있다. 실제로 많은 사람들이 '말도 안 되는' 글을 쓸 때가 있다. <sub>필자도 당연, 마찬가지다.</sub> 그때 실수를 줄일 수 있다. 누구든 언어를 완벽하게 사용하는 사람은 없기 때문이다. 그리고 그것이 가능한 것은 모든 문장이 유기적으로 연결되어 있기 때문이다.

　결론부터 말하자면, 그 장치는 접속사, 더 쉽게 말하면 단어와 단

**80**　두 시간에 배우는 글쓰기

어, 문장과 문장, 문단과 문단, 단락과 단락, 제목과 본문을 연결하는 연결어를 찾아내는 일이다.

다시 서감도를 보자.

제목 ∨

Ⅰ A①∨①-1∨①-2∨②∨②-1∨②-2∨③∨③-1∨③-2
∨B④∨④-1∨④-2∨⑤∨⑤-1∨⑤-2∨⑥∨⑥-1∨⑥-2
. . .
∨Z ⑦∨⑦-1∨⑦-2∨⑧∨⑧-1∨⑧-2∨⑨∨⑨-1∨⑨-2

∨ⅡA①∨①-1∨①-2∨②∨②-1∨②-2∨③∨③-1∨③-2
∨B④∨④-1∨④-2∨⑤∨⑤-1∨⑤-2∨⑥∨⑥-1∨⑥-2
. . .
∨Z ⑦∨⑦-1∨⑦-2∨⑧∨⑧-1∨⑧-2∨⑨∨⑨-1∨⑨-2

∨ⅢA①∨①-1∨①-2∨②∨②-1∨②-2∨③∨③-1∨③-2
∨B④∨④-1∨④-2∨⑤∨⑤-1∨⑤-2∨⑥∨⑥-1∨⑥-2
. . .
∨Z ⑦∨⑦-1∨⑦-2∨⑧∨⑧-1∨⑧-2∨⑨∨⑨-1∨⑨-2

* 낱말 ⓐ ⓑ ⓒ 등은 생략하였다.

서감도에서 ∨표 한 곳은 모두 글의 대원칙이 적용되는 곳들이다. 즉 말이 되어야 하는 곳들이다. 앞뒤가 맞아야 하는 곳들이다. 위 서감도는 이 연결 고리를 반영한 것이다.

## 문장 안의 연결 고리

나는 (　) 텔레비전을 보았다.

### 괄호 안에 어떤 말이 좋을까?

처음엔 어떤 질문인지 파악할 것이다. 그러고 나면 나는, 텔레비전을, 보았다 등 문장에 사용된 낱말을 볼 것이다. 그리고 적당한 낱말을 찾을 것이다. '보았다'는 낱말에서 이 문장이 과거의 일을 적었다는 것을 알 수도 있다. 그래서 과거의 시간을 뜻하는 '어제'가 떠오를 수 있다. 거기서 그치지 않고 '그저께' 혹은 '지난주 토요일' 등 지난 시간을 뜻하는 낱말을 찾을 수도 있다. 그렇게 매우 많은 말이 괄호 안에 들어갈 수 있다는 것을 이해하게 된다.

이제 시간이 아닌 장소를 넣어도 되겠다는 생각이 떠오를 수 있다. 그럼 '집에서', '야외에서' 등 또 시간만큼 많은 단어가 떠오를 수 있다. 그다음에는 텔레비전을 보는 매체, 예를 들어 집에 있는 텔레비전, 차 안에 있는 텔레비전, 휴대 전화에서 나오는 DMB 등 또 여러 가능한 단어가 떠오를 수 있다. 그렇게 연결 고리를 찾아간다.

언어의 낱말은 낱말 하나가 여러 뜻을 갖고 있어 연결 고리를 느슨하게 느낄 수 있다. 그래서 이번엔 숫자에서 찾아보자.

1 2 3 4 (   ) 6 7 8 9…

괄호 안에 들어갈 숫자는 얼마일까?

맞다. 5다. 그런데 어째서 우리는 괄호 안의 숫자가 5라고 하며, 왜 그것이 맞다고 생각하는 것일까? 아마도 자연수가 순서대로 씌어 있기 때문이라는 답변이 가장 많을 것이다. 1씩 증가하기 때문이라는 답변도 있겠다. 어쨌거나 5가 아니라는 사람은 없을 것이다.

저마다 이유는 다르지만 모두 5에 동의하는 데는 그럴 만한 이유가 있어야 한다. 꼭 집어 말하기는 힘들어도 말이다. 그건 언어와 마찬가지로 '말이 되어야 한다'는 것과 비슷할 것이다. 다음 예문을 보자.

$$1 + 1 = 1$$

1+1=1은 분명 잘못된 계산이다. 누구나 그렇게 판단할 것이다. 그 명확한 판단 기준은 숫자의 정확성에 있다. 하나의 숫자에 들어 있는 하나의 개념 때문이다.

그런데 언어는 좀 다르다. 언어는 뜻의 확장성이 강하다. 그래서 어떤 것도 괄호 안에 넣을 수 있을 것만 같다. 그것은 언어의 매력이면서 동시에 고민거리다.

괄호 안의 숫자가 5가 맞다는 느낌 혹은 확신, 그리고 1+1=1은 맞지 않다는 판단, 그리고 문장 속 괄호 안에 들어갈 수 있는 무수히 많은 단어에 대한 확신. 이 확신의 정체는 앞서 얘기한 대로 '말이 되어야 한다'는 것이다.

언어는 숫자가 아니다. 그래서 글에는 숫자의 분명함이 없다. 이 분명하지 못한 부분이 글을 읽고 쓰는 데 어려움을 준다. 그래서 숫자에 비교할 수 없지만, 앞뒤를 연결할 최소한의 장치가 있으면 좋겠다는 생각이 든다. 그리고 다행히 언어에도 그것이 있다.

다음 예문을 보자.

**이제 연결 고리를 찾아가 보려 한다.** 연결 고리는 문장과 문장의 관계를 명확하게 드러내 주는 역할을 하기 때문이다. (①, ①-1)

두 문장 ①과 ①-1은 모두 '말이 안 될' 이유가 없다. 그리고 두 문장이 이어진 것도 자연스럽다. 이 문장의 내용은, 연결 고리라는 것이 문장과 문장의 관계를 명백하게 드러내 주는 역할을 하기 때문에, 그 필요에 따라 연결 고리를 찾아보려 한다는 말이다. 두 문장 사이엔 이 같은 자세한 설명이 빠져 있다. 꼭 그렇게까지 자세한 설명이 없어도 그 뜻을 충분히 알 수 있기 때문이다.

그런데 그렇지 않은 경우도 있다.

> 인간은 사회적 동물이다. 인간은 신이 아니면 동물이다. (①, ②)

여기서 ①, ② 문장은 각각 인간을 설명하는 부모 문장이다. 그런데 어딘가 자연스럽지 못한 느낌이 든다. 왠지 몰라도 이해하기 힘든 부분이 있기 때문이다.

아마도 ①번 문장과 ②번 문장의 관계 때문일 것이다. ①번 문장과 ②번 문장은 어떤 관계일까? 인간이 사회적 동물이란 말과 인간은 신이 아니면 동물이란 말을 왜 이어 썼을까? 무슨 이유가 있었을 것 아닌가? 아무래도 그런 생각이 들 것이다.

인간은 사회적 동물이다. 인간은 사회를 떠날 수 없다. 인간은 신이 아니면 동물이다. (①,②,③)

　새로운 ②번 문장이 이어지고 본래 ②번 문장은 ③번 문장이 되었다. 그렇게 해서 ①번 문장과 ②번 문장의 연결은 조금 자연스럽다. 여기서 ①번 문장의 의미는 인간이 사회를 이루며 사는 동물이라는 것이다. 그러므로 인간은 사회를 떠날 수 없다는 ②번 문장과 연결되는 것이다.

　그런데 문제는 다음이다. ③번 문장은 다시 ②번 문장과 어울리지 못한다. 인간은 사회를 이루며 살아가기 때문에 사회를 떠날 수 없다. 그런데 다음 문장은 인간이 신이 아니면 동물이라고 한다. 만약 이 ③번 문장이 독립적으로 사용되었다면 전혀 어색한 문장이 아니다. 그런데 ②번 문장 뒤에 있으니 글의 흐름이 어색하다. 무언가 빠져 있는 느낌이다. ②번 문장과 ③번 문장 사이엔 연결 고리가 필요하다.

인간은 사회적 동물이다. 인간은 사회를 떠날 수 없다. ⓐ만약 인간이 사회를 떠난다면, 인간은 신이 아니면 동물이다. (①,②,③)

③번 문장에 ⓐ를 추가했다. 이렇게 해서 ②번 문장과 ③번 문장은 조금 자연스럽다. ⓐ의 의미는, '인간은 사회를 이루며 살아가기 때문에 사회를 떠날 수 없다. 그런데 만약 떠난다고 가정하면'이란 뜻이다. ③번 문장의 의미는 인간이 사회를 떠날 수 없다는 ②번 문장의 뜻을 기반으로 한다. 그래서 ②번 문장과 ③번 문장의 연결이 자연스러운 것이다.

이 문장과 문장 사이에 숨어 있는 연결 고리를 표면으로 나타내보면 다음과 같다.

① 인간은 사회적 동물이다. (그러므로) ② 인간은 사회를 떠날 수 없다. (그런데) ③ ⓐ만약 인간이 사회를 떠난다면, 인간은 신이 아니면 동물이다. (①,②,③)

①번 문장과 ②번 문장 사이에 '그러므로'라는 말이 들어갔고, ②번 문장과 ③번 문장 사이에는 '그런데'가 들어갔다. 이 '그러므로'와 '그런데'가 연결 고리다.

①번 문장과 ②번 문장 사이에 있는 '그러므로'는 ①번 문장에서 인간은 사회를 이루고 사는 동물이기 때문에, 인간은 사회를 떠날 수 없다고 설명해 주는 단어다. 설명이 앞 문장처럼 자세하지 않

지만 말이다.

②번 문장과 ③번 문장 사이에 있는 '그런데'도 ②번 문장의 뜻을 기반으로 ③번 문장이 나온다는 것을 드러낸다. '인간은 사회를 떠날 수 없다. 그런데 만약 인간이 사회를 떠난다면,'이란 뜻이 된다. '떠날 수 없지만 억지로 떠난다고 가정해 보면'이란 뜻이다.

앞에서 보았듯이 가장 기본적인 연결 고리는 접속사다. 우리는 그렇게 이미 '말이 되게끔' 보조 장치를 사용하고 있었던 것이다. '그리고'는 앞 문장과 연관이 있는 문장이 이어짐을 나타낸다. '그러나'는 앞 문장과 연관이 있지만 그 내용은 반대임을 나타낸다. '또한'은 앞 문장의 내용에 새로 더 추가할 내용이 있음을 나타낸다. '그런데'는 앞의 이야기와 관련이 있지만 새로운 이야기를 하겠다는 것을 나타낸다. 이 밖의 접속사로 '즉, 및, 그러므로, 다만, 따라서' 등이 있다.

그런데 접속사는 앞 문장과의 자세한 관계를 표현하지는 못한다. 내용보다는 형식적인 관계를 표시하는 역할이 더 크다. 반면 우리가 익히 알고 있는 접속사가 아닌 것들을 예를 들어 보겠다.

> 앞에서 보았듯이 가장 기본적인 연결 고리는 접속사다. (그 사실도 모른 채) 우리는 그렇게 이미 '말이 되게끔' 보조 장치를 사용하고 있었던 것이다. (①,②)

여기서 '그 사실도 모른 채'란 부분은 문법적인 접속 부사와는 달리 내용을 지칭하는 부사구다. 이 '그 사실도 모른 채'란 부사구는 '그리고, 그러나, 그런데'처럼 문장과 문장의 형식적인 위치보다는 앞 문장과 이어지는 내용을 담고 있다. 이 부사어의 뜻은 '가장 기본적인 연결 고리가 접속사라는 사실도 모르고'다. 앞 문장과의 관계 없이 이 문장은 성립될 수 없다.

이렇게 내용적인 면을 이어 주는 무명의 접속구들은 사실 모든 글이 쉽게 읽히게 하는 일등 공신이다. 만약 어떤 문장이 이해하기 어렵다면, 접속 부사와 내용적인 면을 이어 주는 부사구를 만들어 보라. 언제 무슨 일이 있었느냐는 듯이 문장의 관계가 드러나며, 이해하기 힘들었던 내용이 단박에 풀릴 것이다.

이것이 연결 고리다. 여기서는 문장과 문장의 예로 설명했지만, 이 연결 고리는 단어와 단어, 문장과 문장, 문단과 문단, 단락과 단락, 본문과 제목 사이에 반드시 있어야 할 것들이다. 접속 부사로 내용을 이어 주는 부사구들, 그들이 연결 고리, 연결어들이다. 우리가 진정 주목하고, 고마워해야 할 그들이다.

# 10
## '서감도'로 글쓰기

●

서감도로 글쓰기의 핵심은 글의 구조를 보면서 쓸 수 있다는 것이다. 구조로 보면 어떤 문장 다음에 올 수 있는 문장이 제한되어 있다는 것을 알 수 있다. 그래서 다음 문장 때문에 고민할 필요가 없다. 그것이 글쓰기를 쉽게 한다.

'사랑'이란 주제로 글을 쓴다고 하자.

해야 할 일은 무엇일까? 글을 쓰는 순서로 생각해 보자.

첫째, '사랑'에 대해서 하고 싶은 말을 찾는 것이다.

하고 싶은 말은 무엇이든 좋다. 하고 싶은 말이 무엇인지 스스로 발견하기만 하면 된다. 그러나 생각만큼 쉽지 않다. 하고 싶은 말은 가치가 있어야 하기 때문이다. 무료함을 달래 주든, 감동을 주든, 읽을 만한 것이어야 한다. 무수히 많은 글에서 읽고 싶은 주제를 찾는 일은 글쓴이에게 닥친 첫 번째 어려움이다.

둘째, 하고 싶은 말이 생기면, 이제 첫 문장을 시작해야 한다.

그런데 여기서부터 본격적인 어려움이 생겨난다. 살아가면서 하고 싶은 말은 항상 마음속에 있다. 그래서 그것을 쉽게 찾아낼 수 있다. 그리고 하고 싶은 말을 집 같은 구조물로 만들어야 한다. 그런데 이게 잠깐 생각으로 되지 않는다. 어떤 느낌의 집을 지을까? 어떤 재료로 지을까? 어떤 모습으로? 어떤 기능으로? 말의 집을 어떻게 짓는 거야?

어떤 이야기에 빗대어 말하기로 결정했는가? 있는 그대로 말해 보자고 결정했는가? 어떤 결정이든, 어떻게 말할 것인지 결정했다면 이제 다시 첫 문장으로 돌아온다.

어떻게 집을 지을지 생각하지 않고 바로 첫 문장으로 오는 경우가 있다. 그렇다면 아마도 더 큰 혼란과 막막함에 직면하게 될 것이다. 왜냐하면 첫 문장은 말의 집을 지을 설계도를 거쳐야만 시작할 수 있기 때문이다.

그런데 그렇지 않은 사람도 있기는 하다. 천재라고 불릴 만한 사람은 첫 문장으로 바로 들어가서는 바로 끝을 맺기도 한다고 한다. 첫 문장을 쓰면서 하고 싶은 말을 어떻게 말할지 결정하는 것이다. 혹은 이미 머릿속으로 글을 다 썼을 수도 있다. 하여간 그래도 대단한 것이니 역시 천재라고 할 만하다. 물론 독자께서도 할 수 있는 일이다.

우여곡절 끝에 어떻게 말할 것인지 결정했다면, 첫 문장의 반은 결정된 셈이다. 첫 문장은 말하는 방법에서 출발하기 때문이다. 혹은 하고 싶은 말을 그저 생각했던 대로, 느꼈던 대로, 그대로 순서대로, 이해하기 쉽게 써도 된다. 그때는 하고 싶은 말을 결정하는 것이 더 중요할 수 있다. 그러나 역시 그것을 말하는 방식을 판단하게 마련이다.

셋째, 이제 다음 문장을 이어 가야 한다.

문장들은 어찌어찌 진행될 수도 있고, 매번 다음 문장에서 장고(長考)를 거듭할 수도 있다. 문장 이어 쓰기는 앞의 첫 문장 쓰기와는 비교도 안 될 만큼 막막할 수 있다. 원고지 한 장도 채우기 어려울 수 있다. 원고지가 운동장보다 넓게 보인다는 등의 이야기는 셀 수 없이 많다. 그러나 별수 있으랴. 장고(長考)에 장고를 거듭해 겨우 원고지를 메워 끝을 낸다.

넷째, 하고 싶은 말이 제대로 담겼는지 확인해야 한다.

담겨 있기는 한데, 본래의 모습이 아니라면 다시 수정해야 한다. 그런 일들, 퇴고라고 하는 부분을 글을 쓰면서 확인했으면 얼마나 좋으랴. 하지만 그때는 문장 이어 쓰기만도 벅찬 상황이다.

하지만 생각나는 대로 쓸 수는 없다. 쓰면서 안다. 삼천포로 빠져드는지, 삼천포로 빠졌는지를 안다. 문장 이어 가며 주제를 놓치지 않는 일. 이것 또한 글쓰기의 네 가지 어려움에서 뺄 수 없는 것이다.

아마도 이것이 일반적인 글쓰기의 어려움일 것이다. 하고 싶은 말, 뜻 정하기, 첫 문장 쓰기, 문장 이어쓰기, 문장 이어 쓰며 주제 구현하기다.

　이제 서감도로 그 어려움이 왜 생겨나는지 생각해 보자. 그리고 어려움을 비켜갈 길을 찾아보자. 아래는 서감도의 최종본이다. 이

제목 ∨

I　A①∨①-1∨①-2∨②∨②-1∨②-2∨③∨③-1∨③-2
∨B④∨④-1∨④-2∨⑤∨⑤-1∨⑤-2∨⑥∨⑥-1∨⑥-2
・　・　・
∨ Z　⑦∨⑦-1∨⑦-2∨⑧∨⑧-1∨⑧-2∨⑨∨⑨-1∨⑨-2


∨IIA①∨①-1∨①-2∨②∨②-1∨②-2∨③∨③-1∨③-2
∨B④∨④-1∨④-2∨⑤∨⑤-1∨⑤-2∨⑥∨⑥-1∨⑥-2
・　・　・
∨ Z　⑦∨⑦-1∨⑦-2∨⑧∨⑧-1∨⑧-2∨⑨∨⑨-1∨⑨-2


∨IIIA①∨①-1∨①-2∨②∨②-1∨②-2∨③∨③-1∨③-2
∨B④∨④-1∨④-2∨⑤∨⑤-1∨⑤-2∨⑥∨⑥-1∨⑥-2
・　・　・
∨ Z　⑦∨⑦-1∨⑦-2∨⑧∨⑧-1∨⑧-2∨⑨∨⑨-1∨⑨-2

*낱말 ⓐ ⓑ ⓒ 등은 생략하였다.

제 이 서감도로 글쓰기의 어려움에 도전해 보자.

## 1) 주제 정하기

●
주제는 앞서도 말했지만 뜻의 일반적인 말이다. 여기서는 주제의 일반적인 사항들을 살펴본다.

사실 이것은 글쓴이의 삶과 관계된 문제이므로 어찌할 방법이
없다. 최선을 다해 삶에 임하기를 바랄 뿐. 글은 글쓴이의 삶 속에
서 나오기 때문이다. 아주 작은 것이라도 주변에 관심을 갖고 보
면 진리를 발견할 수 있다.

서감도도 이 어려움에 도움이 되지 못한다. 서감도는 주제가 정
해지고 나서 도움이 되는 내용이다. 몇 가지 일반적인 권장 사항
을 정리해 본다.

첫째, 주제가 사실인지, 가치인지, 실천의 범주인지 확인해 보
라. 이 세 가지가 일상의 주된 관심사이기 때문이다.

사실과 관련된 주제는 잘못 알고 있는 것, 새로운 사실, 사실을
이해하는 새로운 방법 등을 살펴봐야 할 것이다. 콜럼버스가 미국
을 발견했는지 다시 묻는 자세가 필요하다.

가치는 뜻을 간단히 정의하기 어려운 낱말이다. 사전적 의미는
값어치다. 사물의 쓸모다. 사람들은 저마다 자신만의 가치가 있
다. 또 사회의 가치도 다르며, 국가, 인종 등 문화에 따라 달라진

다. 많은 사람이 공감할 수 있는 가치, 그리고 모두를 위한 가치를 찾는 일은 복잡한 일이다. 그러나 가치도 사실에 근거한다. 사실을 기반으로 가치 있는 것에 관심을 기울이는 노력이 필요하다.

실천과 관련된 주제는 가치 주제보다 더 복잡하다. 사실 기반이면서, 가치관도 분명해야 하기 때문이다. 한 국가의 실천 과제는 자신이 처한 입장에 따라 첨예하게 대립한다. 이 대립을 극복하고 새로운 실천을 제안해야 한다. 거창하지 않으면서 중요한 실천 문제도 있다. 일상 속에서 지나치는 일들에 관한 것이다.

하고 싶은 말이 어느 범주에 속하는지 가늠해 보자. 그러면 큰 주제에서 작은 주제로 길을 잡는 데 도움이 될 것이다.

둘째, 자신이 다룰 수 있는 글의 수준을 가늠해 보라. 주제가 결정되면, 그 주제에 대해 쓸 수 있는지 점검해 보아야 한다. 비전문가로 전문 지식이 필요한 주제라면 쓰지 않는 편이 낫다. 아무리 가치 있는 주제라도 자신의 능력을 벗어나면 글을 쓸 수 없다. 취재, 시간 등 주제의 수준에 따라 필요한 것이 달라진다.

셋째, 자료를 충분히 확보할 수 있는지도 점검해 보아야 한다. 주제와 관련된 글이 있는지, 보완할 것이 있는지, 자신이 알고 있는 것들을 확인할 수 있는지, 그런 사전 조사가 필요하다.

글은 읽을 만한 가치가 있어야 한다. 이것이 주제 정하기의 핵심이다. 짧은 글이든 책 한 권 분량의 글이든 마찬가지다. 수준 높은 주제라면 수준을 낮춰 가치 있는 주제를 생각해 보라. 자료가 충분하지 않다면, 자료 없이 가능한 가치 있는 주제를 찾아보자.

## 2) 첫 문장 쓰기

●
첫 문장은 영화의 첫 장면과 비슷한 역할을 한다. 인상적이면서 주제와 관련 있는 문장이 좋다. 그리고 그것은 글의 주제가 뚜렷할수록 빛난다.

서감도를 보자. 전체 글의 첫 문장은 I 단락의, A문단의, ①번 문장이다.

I A①∨①-1∨①-2∨②∨②-1∨②-2∨③∨③-1∨③-2
∨B④∨④-1∨④-2∨⑤∨⑤-1∨⑤-2∨⑥∨⑥-1∨⑥-2
· · ·
∨Z ⑦∨⑦-1∨⑦-2∨⑧∨⑧-1∨⑧-2∨⑨∨⑨-1∨⑨-2

그런데 이 ①번 문장은 전체 서감도 속에서 의미를 갖는다. 즉, 서감도의 모든 구성이 갖추어졌을 때 의미를 갖는다. 그러므로 ①번 문장은 ①번 문장만의 문제가 아니다. 앞서 얘기한 대로 하고 싶은 말(주제)을 어떻게 나타낼 것인가를 결정해야 하는데, 이것은 서감도의 전체 구성으로 나타난다. 한마디로 ①번 문장은 전체 구성 속의 ①번 문장으로, 서감도의 구성이 우선이다. 그래서 첫 문장이 그렇게 쉽지 않았던 것이다. 첫 문장을 쓸 수 있을 때는 사실 서감도의 구성이 대략 끝났다는 것을 뜻하는 것이기도 하다.

첫 문장의 어려움을 해결하기 위해서는 두 가지 접근법이 있다.

첫째, 서감도를 자세하게 작성하는 것이다. 아무리 시간이 걸리더라도 서감도를 매우 구체적으로 작성하는 방법이다. 단락을 크게 나누고, 각 단락에서 하고 싶은 말을 정한다. 마찬가지로 각 단락에서 하고 싶은 말을 몇 가지로 나누어 문단을 구성한다. 또 각 문단에서 하고 싶은 말을 정한다. 그러면 문장을 이어 쓰는 일만 남게 된다. 이렇게 하면 실제 글쓰기가 한결 수월해진다.

그러나 이 일 자체가 글을 한 편 쓰는 과정과 거의 같아 시간이 걸린다는 단점이 있다. 또 무엇보다도 치명적인 단점이 있다. 그것은 문장을 이어 쓰면서 새롭게 떠오르는 생각이 있을 때다. 그러면 어렵게 짠 서감도가 크게 흔들릴 수 있다. 심각하면 기존 서감도의 구성을 버리고 새로 짜야 할 수도 있다. 물론 글이 좋아진다는 엄청난 장점도 있다.

둘째, 대략적인 서감도만 작성하는 것이다. 그리고 글을 써 나가면서 서감도를 보충하는 것이다. 하고 싶은 말을 적극적으로 표현할 수 있는 장점이 있고, 언제든 삼천포로 빠질 수 있는 단점이 있다.

어떤 방법이 자신에게 맞든, 기억할 것은 ①번 문장의 성격이다.

그리고 그것은 서감도 속에 있다는 것이다. 다시 말하지만 첫 문장은 서감도에서 벗어날 수 없다.

### 3) 문장 이어 쓰기

●

문장 이어 쓰기는 서감도 활용이다. 문장 이어 쓰기는 실제 글쓰기의 가장 힘든 부분인데, 서감도로 보자면 매우 단순한 과정이다. 다음 문장은 앞의 문장에서 나온다는 것으로 다음 문장은 몇 가지 이내의 문장으로 제한되어 있다. 이것이 문장 이어 쓰기의 핵심이다.

다음은 첫 문장 다음에 올 수 있는 문장들이다.

> I  A①(부모 문장) ∨ ①-1 (자식 문장)
> ∨ ①′ (반복 문장)
> ∨ ② (새로운 부모 문장)

먼저 ①-1을 써야 하는 경우. 이것은 첫 문장 ①을 이해하기 위해서 ①-1의 설명이 필요한 상황을 말한다.

①′을 써야 하는 경우. 이것은 첫 문장 ①을 이해할 것 같다. 그런데 혹시 모르니 잔소리처럼 다시 한 번 그 뜻을 반복하자는 상황을 말한다.

②를 써야 하는 경우. 이것은 첫 문장 ①을 충분히 이해할 수 있으니, 다른 이야기로 넘어간다는 상황을 말한다.

## ①-1의 선택, 그리고 다음 문장 이어 쓰기

> Ⅰ A①(부모 문장) ∨ ①-1 (자식 문장) ∨ ①-1-1(손자 문장)
>          ∨ (①-1)´ (자식 문장의 반복 문장)
>          ∨ ①-2 (두 번째 자식 문장)
>          ∨ ①´ (부모 문장의 반복 문장)
>          ∨ ② (새로운 부모 문장)

먼저 ①-1-1을 써야 하는 경우. 이것은 첫 문장 ①의 자식 문장 ①-1의 뜻이 이해하기 어려워 풀이해야 할 상황을 말한다. 손자 문장이 필요한 상황이다.

(①-1)´을 써야 하는 경우. 이것은 자식 문장 ①-1을 이해할 것 같다. 그런데 혹시 모르니 잔소리처럼 다시 한 번 그 뜻을 반복하자는 상황을 말한다.

①-2를 써야 하는 경우. 이것은 첫 번째 자식 문장 ①-1은 충분히 이해할 수 있으나 부모 문장 ①을 이해하기는 부족하다. 그래서 두 번째 자식 문장으로 부모 문장 ①을 더 풀어 쓴다는 상황이다.

①´을 써야 하는 경우. 이것은 자식 문장 ①-1 하나만으로 부모

문장 ①을 충분히 이해할 수 있으니 더 풀이하는 자식 문장은 쓸 필요가 없다. 하지만 혹시 모르니 잔소리처럼 다시 한 번 그 뜻을 반복하자는 상황을 말한다.

②를 써야 하는 경우. 이것은 부모 문장 ①을 충분히 이해할 수 있으니 새로운 이야기로 넘어간다는 상황을 말한다.

①´의 선택, 그리고 다음 문장 이어 쓰기

> I A①(부모문장) ∨ ①´ (반복 문장) ∨ ①´-1 (반복 문장의 자식 문장)
> ∨ ①´´ (반복 문장의 반복 문장)
> ∨ ② (새로운 부모 문장)

①´-1을 써야 하는 경우. 이것은 혹시 모르니 잔소리처럼 다시 한 번 그 뜻을 반복하자고 하여 반복 문장 ①´을 썼는데, 그 뜻이 이해하기 어려울 것 같아 풀어 쓴 상황을 말한다.

①´´을 써야 하는 경우. 이것은 혹시 모르니 잔소리처럼 다시 한 번 그 뜻을 반복하자고 하여 반복 문장 ①´을 썼는데, 혹시 모르니 잔소리처럼 다시 한 번 그 뜻을 반복한 상황을 말한다.

② 이것은 부모 문장 ①을 충분히 이해할 수 있으니 새로운 이야기로 넘어간다는 상황을 말한다.

이후 문장 이어 쓰기는 다음과 같은 패턴을 보인다.

> 부모 문장 ∨ 자식 문장
>        ∨ 반복 문장
>        ∨ 새로운 부모 문장

이것은 어떤 문장 뒤에 다음 문장을 쓸 때, 나올 수 있는 문장이 제한되어 있다는 것을 보여 준다.

첫째, 자식 문장. 이는 앞의 문장을 풀이하는 것이다.

둘째, 반복 문장. 이는 앞의 문장을 반복하여 이해를 돕는 것이다.

셋째, 새로운 부모 문장. 이는 앞의 문장을 충분히 이해할 수 있으므로 다른 이야기로 넘어가는 것이다.

## 4) 문장 이어 쓰며 주제 구현하기

●
글을 마칠 때까지 주제를 놓지 않아야 함을 말한다

문장은 어찌어찌 이어 가며 이야기를 끌고 간다. 그런데 그것이 정작 하고 싶은 말인지 아닌지 혼란스러울 때가 있다. 삼천포로 빠진다는 표현에 알맞은 상황이다.

말이란 숫자처럼 분명한 한 가지 뜻만 담고 있지 않다. 1은 분명한 한 가지를 가리키지만 '사랑'이란 단어는 그 뜻이 열 가지가 훨씬 넘는다. 무엇을 쓸까, 쓸 내용이 없어 고민이라는 말을 많이 한다. 그러나 실제로는 뜻이 너무 많은 것이 더 힘들다. 여러 뜻 중에서 하고 싶은 말과 거리가 먼 낱말을 선택하는 순간, 삼천포로 빠지고 말기 때문이다. 그런 이유로 문장을 이어 가며 주제를 구현하기도 만만한 일이 아니다.

가장 바람직한 것은 문장마다 이 문장이 주제를 벗어나는지 확인하는 것이다. 문장마다 이 문장이 단락의 요지에서 벗어나는지 확인하고, 문장마다 이 문장이 문단의 요지에서 벗어나는지 확인하는 것이다.

문단 안에서는 문장이 문단의 요지에서 벗어났는지 아닌지 쉽게 알아볼 수 있다. 그러니 문단의 첫 문장을 확인하는 것이 중요하다. 앞의 문장 이어 쓰기에서 시간이 꽤 걸리는 부분이 바로 이 부분인 셈이다.

서감도는 이때도 도움이 된다. 주제 문장이 나오면 중단하면 되기 때문이다. 삼천포로 빠지기 전에, 주제 문장이 나오기 전에 문장을 이어 쓰다가 주제가 드러나면 글을 마무리해야 하고, 삼천포로 빠지면 글쓰기를 멈추고 다시 주제를 추슬러야 한다.

## ① (문장 이어 쓰기)´

●

문장 이어 쓰기를 다시 한 번 반복한다.

①번 문장은 문단을 시작하는 문장이며, 단락을 시작하는 문장이다. 하고 싶은 말은 이 ①번 문장에서 시작한다. 그 말은 어떤 것이든 상관없다. 그것이 하고 싶은 말을 꺼내는 말이기만 하면 된다. 본래 하고 싶은 말이 있고, 이 말을 어떻게 표현할 것인가는 서로 다른 문제다. ①번 문장은 본래 하고 싶은 말을 꺼내는 것일 수도 있지만 어떻게 표현할 것인가의 출발일 수도 있다.

예를 들어 사랑의 고귀함을 말하고 싶다면, 사랑의 고귀함은 하고 싶은 말이다. 그리고 이 사랑의 고귀함을 어떤 이야기로, 어떤 방식으로 표현할 것인가는 별개다. 보통 ①번 문장은 하고 싶은 말을 바로 꺼내기보다는 어떤 이야기를 통해 꺼내는 경우가 많다. 이때 꺼내는 말이 ①번 문장인 것이다. 사랑의 고귀함을 전쟁 이야기를 통해서 나타낼 수도 있다. 결혼하는 상황을 통해 이야기할 수도 있다. 전쟁 이야기로 사랑의 고귀함을 말하고 싶은 경우에 첫 문장은 전쟁 상황을 알리는 문장으로 시작할 수 있다. 결혼 이야기로 시작한다면 결혼하자는 남자의, 또는 여자의 고백으로 시작할 수 있다.

이제 다음 문장을 쓸 차례다. ①번 문장에 이어지는 다음 문장은 반복 문장(①′)을 쓸 것인지, 풀이 문장(①-1)을 쓸 것인지, 새로운 문장(②)을 쓸 것인지 선택해야 한다.

첫째, 반복 문장 ①′의 선택은 다음과 같은 필요 때문이다. 반복, 강조 혹은 친절함. ①번 문장의 뜻과 아주 비슷하지만 조금은 다른 면을 지적하고 싶을 때. 그 작은 면에서 새로운 이야기를 꺼내야 할 때. 내용 전개에 필수적인 것은 아니지만 분위기를 공유하고 싶을 때. 여러 다른 면을 나열할 필요가 있을 때. 기타, 필요하다고 생각할 때.

둘째, 풀이 문장 ①-1의 선택은 다음과 같은 필요 때문이다. ①번 문장에 어려운 어휘가 있을 때. ①번 문장에 이해하기 어려운 구절이 있을 때. ①번 문장이 가진 뜻이 일반적인 의미가 아니라 글쓴이가 처음 표현할 때. ①번 문장에 이어지는 다음 문장과의 연결 고리를 미리 만들고 싶을 때. 기타, 필요하다고 생각할 때.

셋째, 새로운 문장 ②의 선택은 다음과 같은 필요 때문이다. ①번 문장이 갖고 있는 모습을 다 설명하고 다른 상황을 이야기할 필요가 있을 때. ①번 문장의 어떤 면을 빗대어 다른 이야기로 이동할 때. 아쉽지만 ①번 문장을 마무리하고 다른 장면을 이야기해야 할 때. ①번 문장을 충분히 풀이했다고 판단할 때. ①번 문장을 읽고 이해할 수 있는 독자만 따라와야 할 글이라고 판단할 때. 기타, 필요하다고 생각할 때.

문장 이어 쓰기는 반복과 풀이를 거치면서 매번 새로운 뜻을 담은 ②, ③, ④, ⑤번 문장을 이어 가는 작업이다. 이때 ②, ③, ④, ⑤번 문장은 ①번 문장을 뚫어지게 본다고 나오지 않는다. 자신의 치열한 삶 속에서 나온다. 세상을 바라보는 눈, 그리고 그 속에 문제들을 풀어낼 따뜻하고 냉철한 생각에서 온다. 알아야 쓸 수 있으며, 느껴야 쓸 수 있다. 걱정은 마시길. 누구나 세상에 대해 어느 정도 알며, 모두 최선을 다해 살고 있지 않은가! 그래서 글은 진솔하게 써야 한다는 조언이 그렇게도 많은 모양이다.

② 문장 이어 쓰기

다음 문장을 주어진 문장으로 이어 쓰시오.

> ① 삶의 가장 큰 행복은 사랑하는 사람과 함께하는 것이다.
>
> ①´ _____
>
> ①-1 _____
>
> ② _____

①´ 사랑하는 사람과 함께하는 것 이상의 행복은 없다.

①´ 사랑하는 사람과 함께하지 않는 것은 가장 큰 행복을 맛보지 못하는 것이다.

①-1 사랑은 내가 없는 상태다.

①-1 행복이란 말을 환희라 해도 좋다.

② 당신은 그런가?

② 나는 그렇다.

### ③ 문단, 단락의 이어 쓰기

●

문단, 단락은 문장이 모인 덩어리를 말한다. 작은 뜻을 풀어낸 문장 덩어리가 문단, 문단 덩어리가 모인 좀 더 큰 뜻의 덩어리를 단락이라고 한다. 문장 이어 쓰기와 똑같이 문단, 단락 이어 쓰기를 할 수 있다.

아직 한 가지가 더 남아 있다. 다행인 건 매우 짧은 이야기다. 모든 이어지는 문장은 문단과 단락과도 관계가 있다는 것이다.

첫 문단 A가 부모 문단이면 다음 B문단은 A문단의 자식 문단이든지, A문단의 반복 문단이든지, 새로운 부모 문단이어야 한다.

단락도 마찬가지다. 첫 번째 단락 Ⅰ에 이어 쓸 수 있는 단락은 Ⅰ단락의 자식 단락이거나 반복 단락이거나 새로운 부모 단락이어야 한다.

흔히 새로운 문단이나 단락을 시작할 때 어디서부터 시작해야 할지 혼란스러울 때가 있다. 그것은 앞 문단의 마지막 문장을 이을 것인가, 앞 문단의 주제 문장을 이을 것인가, 그런 혼란일 수 있다. 아마도 이런 상황을 이해하지 못할 수 있는데, 그럴 경우 그 혼란은 가중된다. 그것은 앞 문단, 앞 단락과의 문제다. 앞 문단과 앞 단락과의 관계를 생각해야 한다.

# 11

## '글의 종류'에 따라
## 전혀 다른 '글쓰기'

●

글쓰기는 일반적으로 글의 종류를 가리지 않고 모든 종류의 글쓰기를 말한다. 글 역시 같다. 글은 종류를 가리지 않고 사용하는 말이다. 그러나 글은 종류에 따라 정말 많이 다르다. 이 둘을 구분해야 한다.

글을 마치기 전에 꼭 해야 할 이야기가 있다.

글이 모두 같지 않다는 것이다. 그래서 글쓰기 또한 다르다는 것이다. 이것은 정말 오래된 오해다.

문학 창작물과 일상의 글은 목적, 방법, 심지어 읽는 방법조차 다르다. 문학 창작물의 목적은 예술 활동이다. 그 글은 예술 작품이다. 하지만 일상의 글, 대표적으로 보고서는 의사소통이 목적이다. 보고서 작성자의 생각을 담아 보고서를 읽는 사람이 쉽고 정확하게 이해하도록 하는 것이 목적이다. 읽고 나서 쓸모가 없으면 버려도 되는 글이다.

문학 작품은 지은이가 글을 쓴 목적을 이해하는 것이 목적이 아니다. 감상, 즐기는 것이 목적이다. 그러므로 독자는 그저 편안하게 읽으면 된다. 반면에 일상의 글은 글쓴이의 의도, 주제를 정확하게 찾아야 한다. 다르게 읽으면 낭패를 당할 수도 있다. 그만큼 정확하게 읽어야 한다.

또 문학 작품의 글은 주제가 겉으로 드러나지 않는 경향이 있다. 이야기가 있고 주제는 숨어 있는 셈이다. 반면에 실용문은 주제가 겉으로 드러나 있다. 그리고 잘 드러날수록 좋은 글이다. 이해가 목적이기 때문이다.

글쓰기도 다르다. 문학 작품은 세계와 인간에 대한 깊은 통찰이 없으면 쓰기 어렵다. 세계와 인간에 대한 통찰이 없으면 주제를 찾기 어렵다. 시인처럼 평범한 생활에서 보이지 않는 것을 볼 수 있는 힘이 없으면 결코 문학 작품을 써낼 수 없다. 반면에 일상의 글은 그렇지 않다. 하고 싶은 말이 있으면 된다. 꼭 가치가 있어야만 하는 것도 아니다. 하고 싶은 말을 읽는 사람이 잘 이해할 수 있도록 쓰면 된다. 누구든지 글쓰기를 익혀 잘 쓸 수 있는 글이다. 문학 작품은 그렇지 않은 면이 강하다. 타고난다고 해야 할 것이다.

문학 작품의 글은 한마디로 픽션이고, 일상의 글은 한마디로 논픽션이다. 다시 말하면, 문학 작품은 허구다. 거짓말이다. 반면에 일상의 글은 사실이다. 잘못 쓰면 사기가 된다. 범죄가 될 수 있다.

픽션은 잘 꾸미면 훌륭한 글이 되지만, 논픽션은 절대 꾸며서는 안 되는 글이다. 하늘과 땅 차이다.

그만큼 다르다. 완전히 다르다. 글쓰기의 모든 과정이 다르다. 문학 작품을 일상의 글로 오해하고, 일상의 글을 문학 작품으로 오해하면 원하는 글을 쓸 수 없다. 목적을 이룰 수 없다. 너무나도 중요해서 다시 한 번 말씀드린다. 두 글은 다르다. 여기에 글쓰기가 어려운 수많은 이유가 숨어 있다. 내가 어떤 종류의 글을 쓰고 있는지, 먼저 살펴야 할 것이다.

글은 그렇게 다르다. 다행히도 문학 작품과 일상의 글, 보통 실용문이라고 한다, 두 가지는 크게 구별할 수 있는 글이다. 일상의 글을 '일상 글' 혹은 '실용문'이라고 부르고, 문학 작품은 '예술 글'이나 '예술문'처럼 다른 것으로 불러야 이 오해가 풀릴 것 같다. 하여간 글의 종류에 따라 글쓰기가 달라진다는 글쓰기의 대전제를 잊지 마시기를.

두 글은 다르다. 두 글, 픽션과 논픽션은 정말 다르다. 그러나 요즘에 팩션이라 하여, 둘의 장점을 살린 글을 쓰기도 한다. 픽션에서 가상의 이야기를, 논픽션에서 사실을 활용한다. 하지만 논픽션에 픽션을 덧붙일 수는 없다. 픽션에선 이야기 구조만 활용할 수 있다. 그래서 아마도 미래의 글은 모두 이야기가 있는 사실 중심의 글이 될 것이다. 재미있는 다큐멘터리처럼.

글쓰기, 참 쓸모가 많다.

수필처럼 외로울 때 달래 주기도 하며, 편지처럼 지금 할 수 없는 말을 나중에 할 수 있도록 보관해 주기도 하며, 일기처럼 나의 삶을 뒤돌아볼 수도 있게 한다. 사전처럼 침이 마르도록 여러 번 설명하지 않아도 되고, 사업 계획서처럼 여러 사람이 모두 같은 관점을 갖게 하기도 한다.

여기까지 읽었다면 부디 서감도를 스쳐 가지 마시고, 잘 익혀, 생활에 보탬이 되기를 바란다.

# 부록

# 1. 작업 순서로 본 글쓰기 개론

●

모든 것이 그렇지만 글쓰기 과정도 딱 잘라 말할 수 없는 부분이 있다. 처음과 중간과 끝이 있다고 하면, 처음과 중간의 경계는 어디일까? 마찬가지로 글쓰기 과정에서 어디까지가 구상이고, 어디까지가 집필이며, 어디까지가 퇴고 과정일까? 구상하며, 집필하며, 퇴고할 수 있다. 심지어 구상하며 퇴고할 수도 있다. 어디까지나 글쓰기는 통으로 된 작업이다. 이론에 좌우될 것이 아니다. 이론은 그저 참고 사항일 뿐이다. 그렇게 봐 줬으면 좋겠다. 보통 이런 과정을 거치면서 글을 쓴다고, 더 좋은 생각이 있으면 그렇게 하면 된다고.

●

글은 무엇일까? 선뜻 뭐라고 말하기 어렵다. 아마도 그만큼 복잡하기 때문일 게다. 언어다. 그 중에서도 문자 언어다. 그렇게 말할 수 있겠다. 그리고 내 생각을 전달하는 수단이다. 또 생각을 기록하여 보관할 수 있는 도구라고 할 수 있겠다. 그러면 글쓰기는 무엇일까?
글쓰기는 생각을 문자로 나타내는, 생각 쓰기다. 무엇을 정확하게 알아야, 하고 싶은 말을 알아야, 문제 해결 방법을 알아야 할 수 있는 일이기도 하다. 또 글쓰기는 살면서 보고, 듣고, 느낀 것들을 누구든지 알아볼 수 있도록 글로 표현하는 일이기도 하다.

# 1) 구상 과정

구상 과정은 사람에 따라 계획하기, 준비하기, 내용 생성하기 등 여러 가지 용어로 사용한다. 모두 실제 집필의 전 단계로 글쓰기 준비 과정이다.

## ① '누구'에게 무슨 말을 할까?

글쓰기에서 가장 먼저 할 일은 누구에게 무슨 말을 하고 싶은지 스스로 아는 것이다. 이 문장은 세 가지 뜻을 담고 있다. 누구에게 말할 것인가? 무슨 말을 할 것인가? 나 스스로 그것을 정확하게 알고 있는가? 그리고 두 가지 문제와 관련되어 있다. 그것은 주제와 문체.

### 가. 누구에게 말할 것인가?

글쓰기에서 소홀했던 부분이다. 소홀했다기보다 잘못 알려졌던 것에 가깝다. 글쓰기 이론에서도 독자를 예상하고 써야 한다고 한다. 그런데 그 예상 독자가 분명하지 못한 경우가 많다. 예상 독자를 생각해야 한다는 것에 소홀한 것이 아니라 예상 독자를 구체적으로 생각해야 한다는 것을 잘못 알고 있다. 예상 독자가 불분명한 것이 문제인 것이다. 되도록 예상 독자의 폭을 좁혀야 한다. 그래서 편지처럼, 아예 한 사람을 지정할 수 있으면 더욱 좋다. 그렇지 못하기 때문에 불특정 다수를 독자로 예상하게 된다. 그렇더라도 최대한 예상 독자의 폭을 좁혀야 한다. 왜냐하면 그럴수록 글이 구체적이기 때문이다.

### 나. 무엇을 말할 것인가?

당연하지만 할 말을 못하는 경우가 많다. 오히려 하고 싶은 말을 다 하고 사는 사람이 없을 정도로 하고 싶은 말을 못하고 살아간다. 글에서도 그럴 수 있다. 이런저런 이유로 하고 싶은 말을 못할 수 있다. 하지만 할 말은 하는 것이 좋다. 독자는 그 말을 듣고 싶어 하기 때문이다. 살아가면서도 할 말은 해야 한다. 그래야 사회가 좀 더 나아진다. 물론 책임이 따른다.

돌려 말하지 말자. 어설프게 이야기하지 말자. 그렇게 하지 않아야 한다. 분명하게 말해야 한다. 장막을 치지도 말고, 진실을 숨기지 않아야 한다. 서로 지치기 때문이다. 결국 한 걸음도 더 나아갈 수 없기 때문이다. 하고 싶은 말을 분명하게 하자. 글을 쓸 때 그것이 필요하다.

다. 나 스스로 그것을 알고 있는가?

  간혹 자신이 하고 싶은 말을 모를 때가 있다. 전문 지식이 없어서 판단할 수 없는 경우도 있지만 지금은 그런 경우가 아니다. 만약 그런 경우라면, 모른다고 하면 된다. 그런데 정말 몰라서가 아니라 생각해 보지 않아서, 이럴 수도 저럴 수도 있을 것 같아서, 누구에게 말해야 할지 몰라서, 말을 해도 될지 몰라서, 그렇게 여러 가지 이유로 누구에게 어떤 말을 해야 할지 모를 때가 있다.

  그렇다면 확인해야 한다. 그래서 내가 누구에게 무슨 말을 하고 싶은지 알아야 한다. 그래야 글을 쓸 수 있다. 글을 시작할 수 있다. 그렇지 않으면 한 줄도 쓸 수 없다. 누구에게 무슨 말을 하고 싶은지, 반드시 확인해야 한다.


  앞서 살펴보았던 내용, 누구에게 무슨 말을 해야 할지 아는 것은 글쓴이는 주제를 정확하게 알아야 한다는 것을 뜻한다. 그리고 그 주제에는 '누구에게 말할 것인가'라는 문제도 포함한다.

  '누구'의 문제는 문체와 연결되어 있다.

  그런데 '누구'의 문제는 주제와 다른 문제와 연결되어 있다. 그것은 문체다. 예를 들어 '누구'가 초등학생이라고 하면, 초등학생에 맞는 문체를 써야 한다. 즉 쉽게 써야 하며, 길지 않게 해야 하며, 초등학생 나이의 보통 아이들이 이해하기 어려운 이야기는 꺼내지 않아야 한다. 그것이 문체다. 문체에 따라 글 전체의 분위기가 달라진다. 그래서 매우 중요하다. 어떤 사람들의 대화는 좋은 내용인데도 싸우는 듯한 분위기고, 어떤 사람들의 대화는 싸울 내용인데도 부드러울 수 있다. 그것은 말투 때문이다. 글에서는 문체가 그 역할을 하는 셈이다.

　예상 독자가 중요한 것은 문체를 좌우하는 기준이기 때문이다. 예상 독자에 따라 문체가 바뀌고, 문체에 따라 글의 분위기가 달라진다. 그러므로 글쓰기에 앞서 내가 '누구'에게 말하는지 분명하면 분명할수록 좋다. 구체적인 캐릭터로 만들어질 때까지 생각하는 것이 좋다. [필자는 이 책의 예상 독자를 이렇게 보고 있다. 글쓰기가 필요해서 이 책 저 책 뒤져 보기 시작했거나 어느 정도 뒤져 본 중학생 이상, 그래서 간단한 글쓰기 원리를 명쾌하게 설명한 책이 없나 찾아보는 중학생 이상, 글쓰기에 비법은 없으나 혹 재미있는 글쓰기 책이 없나 살펴보는 글쓰기 관련 일을 하는 성인(이분은 필자가 중학생 수준의 독자를 예상하고 쓴다고 해도 상관하지 않을 것이다.) 정도. 한마디로 쉽게 익힐 수 있는 글쓰기 책을 찾는 중학생 이상의 독자를 예상하고 있다.]

　이렇게 해서 글쓰기에서 첫 번째로 해야 할 일이 예상 독자를 생각하고, 그에게 어떤 이야기를 할 것인지 다듬고 정하는 일임을 설명했다. 주제가 삶의 진실을 얘기하고 싶은 것이면 픽션을 써야 할 것이고, 우리가 살아가는 사회의 어떤 사실을 얘기하고 싶은 것이라면 논픽션을 써야 할 것이다. 특히 하고 싶은 이야기는 글의 주제로, 서감도가 찾으려는 것이고, 서감도의 기준이 되는 매우 중요한 것이다. 문단에서는 부모 문장으로 ①, ②, ③ 등으로 표시하며, 단락에서는 부모 문단 A, B, C 등으로 표시한다.

## '뜻 세우기'와 '글'

●

'뜻'은 주제를 대신하여 쓴 말이다.

주제가 한자어라 느낌을 체감하기 어렵다. 하여 우리말을 사용한 것이다. 하지만 주제란 말이 일반적이어서 주제란 용어를 사용할 것이다. 다만, 뜻을 주제와 같은 의미로 쓴다는 것을 밝힌다. 특히 문장에서는 문장의 주제보다는 문장의 뜻이라고 표현하는 것이 훨씬 좋다.

뜻은 글보다 중요하다.

왜냐하면 뜻이 없으면 글이 없기 때문이다.

뜻에는 느낌, 생각, 욕망 등 모든 일이 담겨 있다. 느낌은 감성적인 것들, 생각은 이성적인 것들, 욕망은 실천적인 것들이다. 당연히 이 외에도 모든 것이 표현 가능하다. 그리고 글은 뜻의 건축물이다. 그러므로 글은 하드웨어, 뜻은 소프트웨어다.

뜻은 가치가 있어야 한다. 뜻은 단순히 표현하고 싶은 것이 아니다. 자기만 보는 글쓰기라면 모를까. 그러므로 뜻을 담은 글도 읽을 만한 가치가 있어야 한다. 재미가 있든지, 정보가 있든지, 감동이 있든지.

뜻을 세우는 <sub>정하는</sub> 방법은 크게 두 가지다. 생각을 기다리기와 생각을 찾아가기. 과거의 경험을 재해석한다든가 새로운 사람을 만났을 때 들었던 느낌 등은 떠오르는 뜻이다. 이 뜻은 기다려야 한다. 반면 찾아가야 하는 뜻은 여러 조건 속에서 어떤 결정을 해야 하는 수학 문제처럼, 풀어 가야 한다. 수학 문제가 알아서 풀리겠는가.

뜻과 글은 동상이몽(同床異夢)의 가능성이 높다. 뜻이 언제 글 속에서 바뀔지 모르기 때문이다. 그래서 뜻은 글이 끝날 때까지 항상 같이 있어야 한다. 그리고 한 문장 한 문장 쓸 때마다 점검해야 한다.

그렇게 보면 글쓰기는 참으로 고단한 작업이다. 그런데 참으로 신기하다. 뜻에 취해 있으면 그렇게 한 문장 한 문장 점검하지 않아도, 휙휙 써 나가도 뜻이 전혀 훼손되지 않는 경우가 많다. 오히려 그런 경우가 대부분이다. 말하는 것을 보면 바로 알 수 있다. 어느 누가 다음 말을 점검하면서 하는가. 그저 하고 싶은 말을 할 뿐이다. 속사포처럼 말이 빠른 사람을 보노라면 신기할 따름이다. 그렇다고 뜻이 변하지 않는다. 다 듣고 나면 속이 후련하기까지 하다. 하지만 그것은 잘하는 사람의 이야기다. 몸에 익어야 할 수 있는 일들이다. 그렇지 않다면 점검하고 또 점검해야 한다. 그렇게 어느 날 점검하려 하지 않아도, <sub>사실 점검하고 있는 것이지만</sub> 알아서 점검하고 있다는 것을 알게 될 것이다.

간단하게 뜻과 글의 관계를 살폈다. 실제 문장을 만들어 가며 글을 쓰는 능력만큼 뜻이 중요하고, 그 뜻이 글 전체에 <sup>문장 부호 하나에도</sup> 들어 있어야 한다는 것을 말했다.

뜻은 뜻을 가진 사람이 가장 잘 안다. 그 뜻을 세우지 않고, 글이 되지 않는다고 탓하지 않았으면 좋겠다. 사실 뜻을 세우는 사람이 훌륭한 사람이다. 모두에게 도움을 주는 뜻을 가진 사람은 삶도 훌륭할 것이다.


## 뜻과 분량

1,000년 동안의 일을 1,000자에 담기엔 무리다. 저녁에 텔레비전 드라마 한 편을 본 일로 한 권의 책을 쓴다는 것도 무리다. <sup>물론 둘 다 가능할 수 있겠지만.</sup> 영화관 앞에서 어떤 영화를 볼 것인지 결정하는 시간은 길어야 10분 안쪽이다. 10년 만에 친구와 화해하는 시간은 아무리 짧아도 한 시간은 걸린다. <sup>물론 그렇지 않을 수도 있다.</sup> 하고 싶은 말은 뜻에 따라 시간이 필요하고, 뜻에 따라 글의 분량이 결정된다는 것이다.

할 이야기가 많은 글은 이야기가 다 끝나야 뜻이 제대로 전달될 수 있다. 중간에 멈추면 이해하지 못할 수 있다. 반대로 특별히 할 이야기가 없는데 글을 계속 이어 가면 읽기가 힘들어진다. 하고 싶은 말의 뜻에 따라 글의 분량을 결정해야 한다는 말. 가장 좋은 기준은 하고 싶은 말이 남아 있으면 계속하고, 하고 싶은 말이 나왔으면 즉시 멈추는 것이다.

주제에 비해 분량이 늘어난 글은 서감도에 잘 나타난다. 부모 문장이 쉬워서 특별히 자식 문장을 쓸 필요가 없는데도 계속 나타난다면, 그건 군더더기다. 자식 문장은 많아도 세 문장 이상은 드물다. 자식 문장이 세 문장째 나온다면 잠시 멈추시기를.

### '문체'와 '누구에게'

문체는 보통 이렇게 정의한다.

문체(文體)[*]

「명사」『문학』

① 문장의 개성적 특색. 시대, 문장의 종류, 글쓴이에 따라 그 특성이 문장의 전체 또는 부분에 드러난다. '글투'로 순화. = 글체.

② 문장의 양식. 구어체, 문어체, 논문체, 서사체 따위가 있다.

③ 한문의 형식. 논변(論辯), 서발(序跋), 주의(奏議) 따위가 있다.

---

[*] 문체(文體) 국립국어원 표준국어대사전

우리가 생각해 보려는 것은 ①번의 글투. 말투와 비교하여 이해가 쉽다. 느린 말투, 빠른 말투, 사투리가 강한 말투, 상대를 무시하는 말투 등.

문제는 글을 쓰는 사람이 이 글투를 잘 이해하지 못해서 자신만의 글투를 알지 못하며, 하여 그 사람만의 개성적인 글이 되기 어렵다는 것이다. 자신만의 옷 입는 스타일이 있는 것처럼, 말투가 있는 것처럼, 글투를 발견해야 하고, 만들어 가야 한다.

참고로 필자가 쓰는 글투를 소개한다. 먼저, 담백체, 군더더기가 없는 문장으로 이루어진 글을 목표로 한다. 이해를 돕기 위해 꼭 써야 할 문장은 쓰지만 잔소리 같은 군더더기는 안 붙이려는 글투다. 다음은 재미체, 글의 전체 분위기를 가볍게 하려는 글투다. 방법은 잔소리 같은 군더더기를 붙인다. 물론 아무 문장이나 붙이는 것은 아니고, 한 번 더 봐줬으면 하는 문장에 농담처럼 덧붙이는 글투다. 진지한 글과 구별하기 위해 작은 첨자를 사용한다. 이렇게 이 책에도 종종 사용한다.

쉽게 생각하자. 문장마다 느낌이 있다. 글의 느낌을 표현하는 문장이 있다면 그 문장을 쓰면 된다. 그 느낌이 경쾌하다면, 경쾌체라 이름 붙이면 된다. 건조체, 화려체, 강건체, 우유체, 만연체, 간결체 등 학교에서 배운 문체가 아니어도 된다. 바다처럼 마음이 확 트이는 느낌을 문장으로 만들고 싶으면 그렇게 써 보고, 바다체라 이름 붙이면 된다. 강을 좋아한다면, 강체, 산을 좋아한다면,

산체도 좋다. 독자께서도 문체에 관심을 갖고 개발하시기를.

## ② 주제를 뒷받침할 근거는?

글쓰기 두 번째 작업은 자료 조사다.

'누구'에게 말할 주제는 설득력이 있어야 한다. 그래서 그 근거를 마련해야 한다. 그 작업이 바로 자료 조사다. 이미 충분한 근거 자료가 있다면 이 과정은 당연히 필요 없다. 하지만 세상은 어제 다르고 오늘 다르다. '누구'에게 말하기 전에 마지막으로 세상에 나온 주제를 살펴보는 것이 예의다. 그런저런 이유로 글쓰기에서 자료 조사는 필수다.

자료 조사 과정에서 첫 번째로 말하고 싶은 것은 자료 조사가 주제를 정하기 위한 과정이 아니라는 것이다. 자료를 조사하면서 글의 주제를 정한다고 생각하는 경향이 많다. 그러나 사실 그렇지 않다. 주제를 정하지 않아 무엇을 쓸 것인지 찾는 과정은 글쓰기의 첫 번째 과정인 '누구에게 무슨 말을 할까?'에서 해야 한다. '무슨 말'을 해야 할지, 주제를 찾는 것은 자료 조사 과정이 아니다. <sup>혹</sup>자는 그것을 자료 조사와 구별하여 '글감 찾기'라고 부르기도 한다. 어떻게 부르든 자료 조사와 주제 선정의 과정이 뒤바뀌면 글쓰기가 괴로워진다. 계속해서 주제가 바뀔 가능성이 높기 때문이다. 결국 확실하지 않은 주제가 있고, 그 주제와 관련된 자료를 찾다가 주제가 바뀌고, 다시 자료를 찾다가 주제가 바뀔 가능성이 높은 것이다. 주제는 자료보다 마음에서 찾는 것이 더 빠를 것이다. 주제가 결정되면 그때부터 부지런히 자료를 찾자. 당연히 자료 조사 중에 주제를 바꿀 수 있다. 그렇게 주제가 바뀌었다면 그것은 글쓰기 첫 번째 과정, '누구에게 무슨 말을 할까?'이다. 그리고 다시 자료 조사 과정을 거쳐야 한다.

두 번째, 자료 조사의 목적이다. 자료 조사는 막연한 작업이 아니다. 세부 주제를 정하는 작업이다. 핵심은 주제와 그 근거다. 그 근거 찾기가 자료 찾기다. 그것을 찾는 데 집중해야 한다. 책, 논문, 정기 간행물 등 가능한 모든 것에서 찾아야 한다. 인터뷰 역시 좋은 자료다. 막연한 글감 찾기는 '누구에게 무슨 말을 할까?'의 과정이다.

세부 주제는 주제를 구성하는 것들이다. 주제를 잘 이해하기 위해 필요한 모든 것이다. 서감도로 보면, 문단의 부모 문장들이다. 문단의 주제문들이다. 주제의 이모저모다. 사방팔방이다. 주제를 이해하기 위한 모든 것들이다. 주제가 복잡하면 복잡한 만큼 많을 것이고, 간단한 것이면 간단한 만큼 적을 것이다.

글을 쓰다가 멈추지 않으려면 미리 준비해 두어야 하는 것들이다. 말 그대로 자료다. 세부 주제를 두 개 준비하면 두 개의 단락이나 두 개의 문단밖에 쓸 수 없다. 세부 주제가 많을수록 글의 내용이 풍부해진다. 충분히 읽을 만한 글을 만들기 위해 꼭 준비해야 한다. 그것이 자료 조사다. 세부 주제의 준비다.

## 공부와 자료 조사

글쓰기는 공부다. 진짜 공부다. 알면 쓸 수 있고, 모르면 쓸 수 없기 때문이다. 먼저, 아는 것과 모르는 것을 확실하게 알 수 있다. 또 모르는 것을 알면, 알기 위해 자료를 조사한다. 그렇게 공부를 하게 된다.

그것은 '누구에게 무슨 말을 할까?' 단계에서도 그렇다. 무슨 말을 해야 할지, 그것을 확실하게 알아보려다 공부하게 된다. 말하려는 것을 확실하게 알지 못하면 글을 쓸 수 없기 때문이다. 말하기와 비슷하다. 모르면 할 말이 없다. 그래서 역시 공부하게 된다. 컴퓨터에 비유하자면, 결국 프린트든 모니터든 출력하려면 입력이 되고, 정보 처리가 되어야만 가능하기 때문이다.

퇴고 과정도 마찬가지다. 독자가 어떻게 이해할 것인지, 독자 입장에서 자신의 글을 읽다 보면 부족한 부분을 찾게 된다. 그래서 그 부족한 부분을 어떻게 해야 독자가 이해할 수 있을지 생각하게 된다. 거기서 좀 더 쉽게 이해하기 쉬운 설명 방법을 찾게 마련이다. 그리고 더 쉽게 쓰기 위해 다시 공부하게 된다. 결국 글쓰기는 공부인 셈이다.

공부해야만 쓸 수 있는 것이 글이고, 글을 쓰기 위해서는 공부해야 하니 공부와 글쓰기는 뗄 수 없는 관계다. 그런데 공부할 때 글쓰기가 없는 것이 안타깝다. 토론식 수업이 있는 것처럼, 글쓰기 수업이 있어야 마땅하다. 공부법으로 글쓰기를 활용해 보시기를.

## 인용과 표절

●

자료는 공짜가 아니다. 자료 수집에는 비용이 든다. 연구 결과물은 노력의 결과다. 이를 인용할 때, 비용을 지불하는 것은, 물건을 사는 것처럼, 현실적으로, 마땅하다. 혹 비용을 받지 않겠다는 자료 제공자가 있더라도, 그의 자료라고 밝히고, 감사 표시를 해야 마땅하다. 인용의 원칙은 이렇게 간단하다.

법이 복잡한 건 매우 다양한 경우 때문이다. 마찬가지로 표절과 저작권 위반의 문제도 매우 다양한 경우 때문에 생겨난다. 하지만 인용의 원칙을 지킨다면 표절도, 저작권법 위반도 하지 않을 것이다.

첫째, 꼭 필요한 경우에 '인용'하자. 인용은 자신의 의견이 중심이고, 인용 내용은 부차적인 것이다. 인용하자, 인용의 내용을 내 말인 것처럼 말하지 말자.

둘째, 인용했으면 반드시 출처를 찾아 밝히자.

픽션의 자료는 이야기를 전개할 가상의 사건이므로 상상력을 동원하여 만들어 내야 한다. 그것이 힘들면 픽션을 쓰지 않아야 한다. 주제와 구성, 번뜩이는 문장, 캐릭터 등 픽션의 모든 것도 작가가 애써 만든 것이다. 다른 작가가 만든 것을 거저 가져다 쓸 수 없다. 단어 하나라도 가져왔다면 그것은 표절이다. 그래서 픽션 글쓰기가 어려운 것이다. 반면 논픽션의 자료는 반드시 철저히 조사하여야 할 것이다. 출처는 물론 출처가 사실인지 한 치의 오차도 없이 확인해야 한다. 자료 조사는 책을 쓸 때만 하는 일이 아니다. 짧은 글을 쓸 때도 똑같이 필요한 작업이다.

### ③ 근거를 어떻게 활용할까?

조사한 자료를, 주제의 근거를 어떻게 쓸까? 그것이 구성이다. 구상과 다르다. 구성(構成)은 재료를 활용해 얼개를 짜는 것이고, 구상(構想)은 생각을 가다듬는 과정이다. 구성은 앞의 자료 조사 과정에서 찾은 좋은 주제의 근거를 어떻게 활용할 것인가, 하는 판단이다. 이 근거로 무엇을 설명하고, 이렇게 설득해야겠다, 하는 판단이다.

구성에서 먼저 할 이야기는 이론적 구성에 신경 쓸 필요가 없다는 것이다. 보통 구성 이야기를 하면, 자연적 구성, 논리적 구성이라 하여 구성 방법을 소개한다. 물론 그런 구성 방법을 알아서 나쁠 것은 없다. 하지만 그 구성 방법밖에 없는 것이 아니다. 주제의 근거를 어떻게 활용하는 것이 가장 좋은지, 생각해 보는 것이 더 중요하다. 그것이 본질이다.

시간의 흐름에 따라 이야기할 필요가 있으면 시간의 순서로 이야기하면 되고, 공간의 흐름에 따르는 것이 좋으면 그렇게 하면 된다. 그리고 먼저 결론을 말하고 그 근거를 밝혀도 좋고, 근거를 하나씩 풀어 가면서 나중에 결론을 말해도 된다. 판단 기준은 어떻게 주제를 잘 표현할 것인가, 어떻게 주제의 근거를 잘 활용해서 표현할 것인가이다.

## 개요와 차례

●
개요는 개략의 요지란 뜻으로, 전체 중에서 핵심만 간추려 뽑은 것이다. 글쓰기에서는 집필 전에 글의 대강을 간추려 집필 때 기준으로 삼으려는 것을 말한다.

글을 직접 쓰기 직전의 작업으로 개요 작성이라는 과정을 많이 이야기한다. 개요 작성이 집필에 매우 유용한 작업이기 때문일 게다. 글의 얼개를 잡을 수 있다는 것이 가장 큰 쓸모일 것이다.

개요는 글쓴이가 글의 주제를 염두에 두고, 주제의 근거를 활용하여 실제 사고 과정을 짚어 보는 것으로 글쓰기에서 필수 요소라 할 수 있다. 하지만 구성의 세부 작업이라 볼 수 있어 본격적으로 설명하지 않고 이렇게 부수적으로 설명한다.

개요에서 할 이야기는 두 가지다. 먼저 개요를 반드시 작성해야 하고, 되도록 분명한 문장으로 작성해야 한다는 것이다.

개요 작성을 권하는 것은 으레 개요를 작성하려 들지 않기 때문이다. 그러나 미리 짐작해 보고 더 필요하거나 필요 이상인 것을 찾기 위해서는 개요를 작성하는 것이 좋다.

다음은 분명한 문장. 그것을 문장 개요라고 부르기도 하는데, 불분명한 메모 때문에 낭패를 당하지 않으려면 꼭 필요한 작업이다. 불분명한 메모로 인해 낭패를 당해 본 사람이라면 누구든지 쉽게 이해할 것이다. 분명한 문장이 아니라 메모처럼 개요를 작성하면 그 뜻이 무엇인지 몰라 글을 써 내려갈 수 없다. '삶과 글쓰기'라고 메모하듯 개요를 작성했다고 하자. 이게 무슨 뜻인가? '글쓰기는 삶에 기반'한다고 하면 글을 써 내려갈 수 있다. 주제가 있기 때문이다.

서감도를 활용하면 개요를 한눈에 볼 수 있다. 부모 단락과 자식 단락을 구분하여 표시하고, 부모 문단과 자식 문단, 부모 문장과 자식 문장을 구분하면 글의 구성을 한눈에 볼 수 있다.

### 일반적인 구성 방법

가장 흔한 것이 단계식 구성이다. 처음, 중간, 끝을 기본으로 하는 서론, 본론, 결론의 3단 구성, 머리말, 본문, 맺음말의 3단 구성, 기승전결(起承轉結)의 4단 구성, 발단-전개-위기-절정-결말의 5단 구성이 대표적이다.

두괄식 구성이니 미괄식 구성이니도 흔히 듣는 말이고, 원인과 결과로 풀어 가는 인과식 구성과 첫째, 둘째, 셋째 등의 열거식 구성 등 글의 구성 방식은 많다.

개요를 작성하게 되면 이런 구성 방식을 떠올리게 된다. 그런데 가장 좋은 구성 방법이 있다. 그것은 하고 싶은 말을 가장 잘 표현할 수 있는 방법을 찾는 것이다. 3단 구성에 맞출 것이 아니다. 열거식 구성에 맞출 것이 아니다. 주제에 따라 가장 잘 표현할 구성 방법을 찾는 것이다. 3단 구성이 아니라, 4단 구성이 아니라, 5단 구성이 아니라, 6단 구성이어도 된다. 7단 구성이어도 된다. 10단 구성이어도 된다.

3단 구성에, 열거식 구성과 인과식 구성을 섞어서 써도 된다. 어떻게 구성해도 좋다. 주제를 잘 표현하면 그만이다. 그리고 실제로 집필 과정은 이 구성을 모두 반영하기 어려워서 구성 방식에 집착할 필요가 없다. 그야말로 이론적 구성이다. 실제는 그런 이론적 구성보다는 자료를 어디에 두느냐가 더 중요하다. 실제의 구성은 그런 자료의 위치 선정이며, 그것이 곧 구성이다. 글쓰기에 워낙 구성 이론이 많아 그렇지 않을 수 있다는 것을 말하고 싶었다.

구성은 특히 서감도와 관계가 깊다. 서감도는 문장에만 해당되는 것이 아니다. 설명해야 할 문장이 있다면 그것은 부모 문장, 풀이한 문장은 자식 문장이다. 그런데 설명해야 할 문단이 있다면 그것은 부모 문단이 된다. 역시 풀이한 문단은 자식 문단이다. 설명해야 할 단락이 있다면 그것은 부모 단락이다. 그것을 풀이한 단락이 있다면 그것은 자식 단락이다. 글은 그렇게 설명해야 할 부분과 풀이한 부분으로 구성되어 있다. 그것이 또한 구성이다.

## 구상하고 쓸 것인가, 쓰면서 구상할 것인가

필자는 단순히 심리적인 이유로 7:3이 좋다.

내용 구성이 70퍼센트 정도 되었다는 것은 집필 중에 주제가 바뀌지 않을 가능성이 높기 때문이다. 주제를 안정감 있게 펼쳐 갈 수 있기 때문이다. 그런 이유로 머릿속에서 70퍼센트 정도 구상이 끝나면 시작하는 것이 좋다. 그보다 구상이 덜 되면 중간 중간 집필이 중단되기 십상이고, 더 되면 구상이 너무 탄탄해서 제대로 지켜지기 어렵기 때문이다.

한번 틀어진 뒤 하고 싶은 말에서 멀어지는 글이라면, 구상의 완성도를 높이는 것이 좋다. 예를 들어 시(詩)를 쓰는 시인의 경우, 머릿속에서 다 쓰고, 다 다듬고, 그야말로 완성되면 글로 옮기는 경우가 많은데, 그것은 시가 다루는 주제가 매우 섬세한 것들이기 때문이다. 조금만 달라져도 하고 싶은 말이 아니기 때문이다. 그래서 지웠다 썼다, 지웠다 썼다, 그렇게 반복한다. 머리를 뜯으면서, 혹은 먼 산을 바라보면서.

소설도 비슷하다. 사건 하나가 분위기를 완전히 바꿔 버린다. 그런 사건으로 더 멋진 이야기가 될 수도 있지만 본래 말하고 싶었던 것에서 멀어질 수 있다. 그래서 소설가 역시 오래 구상하는 편이다. 사건을 좀 더 명확하게 이해하려고 답사는 기본이고, 사건 속으로 아주 빠져 들어가기도 한다. 배우 못지않다. 다른 픽션들도 다 비슷하다. 결국 픽션은 구상에 시간이 더 많이 필요한 셈이다.

논픽션은 집필 중간에 주제가 바뀔 만한 변수가 덜하기 때문에 픽션보다 구상이 간단하다. 변수가 덜하다는 의미는 어떤 특정 부분 때문에 주제 전체가 달라지지 않는다는 것을 말한다. 그리고 만약 중간에 변수가 생긴다고 해도, 자료를 더 찾아 보충이 가능하기 때문에 집필하다가 멈추는 것이 덜 부담스럽다.

결국 어떻게 하는 것이 좋은지, 그건 본인의 결정에 달렸다. 그런데 그 결정은 경험을 통해 가장 편안한 것을 찾아야 하는 일이어서 이런저런 경우를 모두 경험해 봐야 한다. 하지만 구상이 전혀 없이는 쓸 수 없으며, 치밀한 구상이 있다고 해도 그대로 쓰지 못한다는 것은 알아 두자.

어떤 경우든 매번 새로운 문장을 이어 가야 하는 상황을 피할 수는 없다. 이때 서감도가 매우 유용하다. 자료가 부족해서, 논리가 부족해서, 사건이 부족해서, 이런저런 이유로 글이 안 나가면 누구든지 멈추고 앞뒤를 가다듬게 마련이다. 이때 서감도는 다음 문장이 어떤 문장이어야 하는지, 방향을 제시해 준다. 다음 문장은 앞의 문장에 따라 결정되기 때문이다. 다음 문단은 앞의 문단에 따라 결정되기 때문이다. 다음 단락은 앞의 단락에 따라 결정되기 때문이다. 글이 안 나가면 서감도를 떠올려 보라.

## 2) 집필 과정

집필은 표현하기, 초고 쓰기 등으로 부른다.

### ① 제목 정하기

제목은 글의 처음 부분이다. 보통 한가운데에 크게 쓴다.
책의 표지에 쓴 제목을 표제라고 하며, 신문 기사 등 기사문의 제목도 표제라고 한다.

  세 가지 할 이야기가 있다. 제목이 주제에서 나왔다는 것과 글쓰기 순서에서 볼 때 두 번째인지 두 번째가 아닌지 하는 것, 그리고 좋은 제목의 판단 기준이다.

  제목은 주제에서 나왔다.

  제목은 사실, 주제다. 주제를 그대로 쓰기가 멋쩍어서 모양을 좀 바꿀 뿐이다. 주제는 앞서 얘기했던 대로 '누구'에게 하고 싶은 말이다. 그 말을 좀 더 멋스럽게 다시 꾸민 말이다. 더 없다.

  그런데 제목 잡기가 쉽지 않다. 주제를 잘 표현하면서도 기억에 남는, 참신한 제목을 달기가 어렵다. 가장 쉬운 것은 역시 주제에 있는 것. 주제에서 벗어나면 제아무리 좋은 제목도 나중에 적절하지 못한 것이 된다. 알맹이가 빠진 것이 되기 때문이다.

글쓰기 순서에서 제목은 두 번째인가?

제목은 주제에서 나왔다고 했다. 그러므로 주제가 결정되는 순간 제목의 반은 정해진 것이다. 실제로 제목을 붙여 글을 시작하지 않더라도 주제가 결정되면 제목을 생각할 수 있다. 그래서 반인 셈이다.

결국 주제를 결정할 때 제목의 반을 쓰고, 실제로 집필할 때 반을 쓰니 글쓰기 순서에서 제목은 두 번째라고 볼 수도 없다. 사실 그게 무슨 대수랴. 이때 제목을 정해도 좋고, 나중에 구성이 다 끝나서 실제로 펜을 들고 써 내려갈 때 마무리해도 그만인 것을. 그저 주제를 결정할 때 곁들여서 제목도 생각해 두면 좋다는 것이다.

다음은 좋은 제목의 판단 기준이다. 생각보다 쉽지 않다. 왜냐하면 글의 주제, 성격, 느낌 등을 모두 대표해야 하기 때문이다. 그리고 글의 종류에 따라 다르다. 픽션은 겉으로 주제를 표현하지 않는 제목도 얼마든지 좋을 수 있다. 하지만 논픽션은 겉으로 주제가 분명하게 드러나야 한다. 하지만 결국 제목은 주제와 친밀하다. 제목을 생각할 땐, 주제를 생각하자. 서감도로 보면, 제목은 주제의 자식 문장이다.

구상 과정에서, 주제를 찾았을 때 결정했으면 이미 이루어진 부분이고, 그때 지금으로 미뤘다면 지금 해야 할 작업이다. 앞서 이야기한 부분과 다를 것이 없다. 주제를 표현하는 것을 기본으로 최선의 제목을 선택해야 한다.

## ② 본문 쓰기

글에서 본문은 제목과 글쓴이를 뺀 나머지를 말한다.
실제로 글의 전부라고 할 수 있다. 내용을 담고 있으므로 내용 부분이라고 부르기도 한다.

본문은, 몇 개의 단락으로, 몇 개의 단락은 몇 개의 문단으로, 몇 개의 문단은 또 몇 개의 문장으로, 또 몇 개의 문장은 몇 개의 단어로, 그렇게 이루어진다. 그러므로 본문을 쓴다는 것은 처음 단락, 처음 단락 속에 첫 문단, 첫 문단 속에 첫 문장을 쓰고, 이어서 두 번째 문단, 두 번째 문장을, 또 세 번째 문단 등을 이어 쓰는 것이다. 차례로 풀이해 본다.

### 가. 첫 번째 단락 쓰기〔Ⅰ〕

몇 개의 단락으로 나누어서 쓰기로 한 글의 첫 번째 단락이다. 이 단락은 나머지 단락과 매우 밀접하게 연결되어 있다. 그러므로 나머지 단락과 앞뒤를 맞춰 써야 한다.

```
 I     A ①,②,③,마지막 문장
       B ①,②,③,마지막 문장
       C ①,②,③,마지막 문장
       마지막 문단 ①,②,③,마지막 문장
 II    A ①,②,③,마지막 문장
       B ①,②,③,마지막 문장
       C ①,②,③,마지막 문장
       마지막 문단 ①,②,③,마지막 문장
 마지막 단락   A ①,②,③,마지막 문장
             B ①,②,③,마지막 문장
             C ①,②,③,마지막 문장
             마지막 문단①,②,③,마지막 문장
```

## 나. 첫 번째 단락의 첫 번째 문단 쓰기 〔Ⅰ-A〕

이 문단은 첫 번째 단락의 시작이다. 첫 번째 단락 주제의 이모저모 중에서 가장 중요하거나 먼저 이야기할 필요가 있는 내용을 써야 한다.

```
I    A  ①,②,③,마지막 문장
     B  ①,②,③,마지막 문장
     C  ①,②,③,마지막 문장
     마지막 문단 ①,②,③,마지막 문장
II   이하 생략
```

## 다. 첫 번째 단락, 첫 번째 문단의 첫 문장 쓰기 〔Ⅰ - A -①〕

첫 번째 문단의 주제와 연결되는 문장을 써야 한다. 또한 그 내용
은 첫 번째 단락의 주제와도 연결되어야 한다.

```
I    A  ①,②,③,마지막 문장
     B  ①,②,③,마지막 문장
     C  ①,②,③,마지막 문장
     마지막 문단  ①,②,③,마지막 문장
II   이하 생략
```

## 라. 첫 번째 단락, 첫 번째 문단의 두 번째 문장 쓰기 〔Ⅰ - A -②〕

앞의 첫 문장에 이어지는 문장으로 앞의 첫 문장을 충분히 이해

할 수 있으면 문단의 주제에 맞는 다른 문장을 써야 한다. 만약 앞의 첫 문장을 충분히 이해하기 어려우면 두 번째 문장은 첫 문장의 뜻을 풀이해야 한다.

I   A ①,②,③,마지막 문장
    B ①,②,③,마지막 문장
    C ①,②,③,마지막 문장
    마지막 문단 ①,②,③,마지막 문장
II  이하 생략

마. 첫 번째 단락, 첫 번째 문단의 세 번째 문장 쓰기〔I-A-③〕

세 번째 문장은 앞의 두 번째 문장에 따라 달라진다. 두 번째 문장이 첫 번째 문장을 풀이하고 있는데, 그 풀이가 충분하면 세 번째 문장은 주제를 나타내는 새로운 문장을 써야 한다. 만약 두 번째 문장이 첫 번째 문장을 풀이하는 문장이 아닐 때, 그 문장이 충분히 이해할 수 있는 문장이면 또다시 주제를 설명하는 새로운 문장을 써야 한다. 그리고 그렇지 않으면 그 문장을 풀이하는 문장을 써야 한다.

I    A ①, ②, ③, 마지막 문장

       B ①,②,③, 마지막 문장

       C ①,②,③, 마지막 문장

      마지막 문단 ①,②,③, 마지막 문장

II    이하 생략

## 이후 이어지는 문장

이후 같은 일을 반복해야 한다. 즉 문장의 뜻이 충분히 이해할 수 있는 내용이면 주제를 위해 세부 주제를 담은 내용으로 글의 진도를 나가고, 그렇지 않으면 뜻을 이해할 수 있도록 풀이하는 문장을 써야 한다.

바. 첫 번째 단락, 첫 번째 문단의 마지막 문장 쓰기 〔I - A - 마지막 문장〕

이후 어어지는 문장을 작성해서 문단의 주제를 모두 표현했으면 그 문장을 마지막 문장으로 하여 문단 쓰기를 중단한다. 그리고 줄을 바꾸어 다른 문단으로 넘어간다.

> I    A ①, ②, ③, <u>마지막 문장</u>
>       B ①,②,③,마지막 문장
>       C ①,②,③,마지막 문장
>       마지막 문단 ①,②,③,마지막 문장
> II    이하 생략

사. 첫 번째 단락, 두 번째 문단 쓰기〔Ⅰ–B–① ~ 마지막 문장〕
앞의 첫 번째 문단 쓰기를 반복한다.

> I    A ①, ②, ③,마지막 문장
>       <u>B  ①, ②, ③, 마지막 문장</u>
>       C ①,②,③,마지막 문장
>       마지막 문단 ①,②,③,마지막 문장
> II    이하 생략

아. 첫 번째 단락, 세 번째 문단 쓰기〔Ⅰ–C–① ~ 마지막 문장〕
역시 앞의 문단 쓰기를 반복한다.

```
I    A ①, ②, ③, 마지막 문장
     B ①,②,③,마지막 문장
     C  ①, ②, ③, 마지막 문장
     마지막 문단 ①,②,③,마지막 문장
II   이하 생략
```

자. 첫 번째 단락, 마지막 문단의 마지막 문장 쓰기〔Ⅰ – 마지막
문단 –① ~ 마지막 문장〕

첫 번째 단락, 첫 번째 문단의 마지막 문장 쓰기를 반복한다.

```
I    A ①, ②, ③, 마지막 문장
     B ①,②,③,마지막 문장
     C ①,②,③,마지막 문장
     마지막 문단 ①, ②, ③, 마지막 문장
II   이하 생략
```

차. 두 번째 단락, 첫 번째 문단의 첫 문장 쓰기〔Ⅱ – A –①〕

첫 번째 단락, 첫 번째 문단의 첫 문장 쓰기를 반복한다.

```
   I     이전 생략
   II   A ①, ②, ③, 마지막 문장
        B ①,②,③, 마지막 문장
        C ①,②,③, 마지막 문장
        마지막 문단 ①,②,③, 마지막 문장
```

카. 두 번째 단락의 마무리〔Ⅱ-마지막 문단 -① ~ 마지막 문장〕
첫 번째 단락의 마무리를 반복한다.

```
   I     이전 생략
   II   A ①, ②, ③, 마지막 문장
        B ①,②,③, 마지막 문장
        C ①,②,③, 마지막 문장
        마지막 문단   ①, ②, ③, 마지막 문장
```

타. 마지막 단락, 마지막 문단의 마지막 문장 쓰기〔마지막 단락
- 마지막 문단 - 마지막 문장〕
앞의 단락의 마무리를 반복한다.

실제로 글은 위의 과정을 거친다. 문장은 더 설명할 것인가 여부로 이어지며, 주제와 세부 주제에 따라 나누어진 단락, 문단에서 문장 이어쓰기가 반복된다.

그 과정에서 묘사가 필요하면 묘사를 하고, 설명이 필요하면 설명을 하고, 서사가 필요하면 서사를 하고, 논증이 필요하면 논증을 하면 된다. 또 정의, 예시, 비교, 분석, 유추 등을 사용하여 그 뜻을 좀 더 효과적으로 표현하면 된다. 또 직유법, 은유법 등 수사법도 곁들이면 좋다.

본문 쓰기는 그렇게 진행한다. 문장을 쓰고, 문장의 이해를 위해 풀어 쓰고, 그 사이에 적절한 표현 방법을 사용하여 주제를 잘 드러내면 된다.

## 낱말 선택

●
글은 문장에서 출발한다. 그런데 문장은 낱말에서 출발하니, 결국 글은 낱말에서 출발한다고 해야 할 것이다. 글에서 낱말이 중요한 것은 두말할 필요가 없다.

문제는 어떤 낱말을 선택해야 하는가이다.

사람들이 언어를 사용하게 된 일은 아무리 생각해도 신기할 따름이다. 낱말 역시 마찬가지다. 물론 소리에서 이어져 왔겠지만 현재와 같이 정교한 의미까지 덧붙여져 의사소통이 가능하게 된 것은 다시 생각해도 신기하다. 하지만 숫자만큼 정확하지는 않다. 낱말 하나를 여러 뜻으로 사용해서 그럴 수도 있고, 사람의 생각을 그대로 전달하지 못하는 언어의 한계 때문일 수도 있겠지만, 낱말의 뜻은 분명 정밀하지 못한 면이 있다. <sub>반면 문장은 낱말이 모여 미묘한 뜻을 만들어 낸다.</sub> 그래서 낱말 선택이 어렵다. 하지만 그것은 정말 뜻을 미묘한 부분까지 정확하게 표현하고자 했을 경우고, 일상의 의사소통엔 충분하다. 그렇게 선택하면 될 것이다. 뜻에 가장 가까운 말을 선택하기.

낱말 선택의 또 다른 기준.

보통 낱말은 두 가지 뜻이 있다. 하나는 사전적 의미, 다른 말로 공적인 의미다. 다른 하나는 개인이 갖고 있는 특수한 의미, 다른 말로 사적 의미라고 한다. 사적 의미는 그야말로 개인적인 의미로 사용하는 것을 말한다. 살아가면서 특수한 상황을 경험할 수 있다. 이때 사적인 의미가 더해진다. 예를 들면, 사과는 과일의 하나일 뿐이다. 그런데 사과를 먹을 때 매우 즐거운 일을 경험했다면, 그에게는 사과=즐거움이란 의미가 더해지는 것이다. 그래서 그는 사과를 즐거움이란 뜻으로 사용하기도 한다. 이런 것이 사적 의미다.

글은 기본적으로 공적 의미를 사용한다. 그래야 기본적인 의사소통이 가능하기 때문이다. 하지만 픽션에선 사적 의미를 사용해도 좋다. 의사소통만이 목적이 아니기 때문이다. 예술이기 때문이다. 하지만 논픽션에서는 공적 의미를 사용해야 한다. 사적 의미를 사용하면 의사소통을 할 수 없기 때문이다.

만약, 세상에 없는 것을 만들었다면, 그런 것을 발견했다면, 새 낱말을 쓰는 것이 좋다. 그렇게 하려면 새 낱말을 만들어야 한다. 새 낱말은 당연히 이미 있던 낱말에서 만든다. 아주 새로운 낱말을 만들어도 그만이다. 다만, 새 낱말을 만들었다면, 반드시 그 낱말의 뜻을 설명하고 사용해야 한다는 것이다. 당연하지만 독자는 낱말 뜻을 모르기 때문이다.

낱말도 서감도로 나타낼 수 있다. 예를 들어 '비행기'라는 단어와 '종이비행기'라는 단어의 관계는 부모 단어와 자식 단어의 관계로 볼 수 있다. '여객기'도 비행기의 자식 단어다.

## 문법이 올바르고 뜻이 충분한, 좋은 문장 쓰기

다음 중 올바른 문장은?

정말 익숙한 질문이다. 국어 시험이라면, 늘 빠지지 않고 등장하는 이 문제는 정말이지 국어에 주눅 들게 한 질문이다.

글은 문장이 핵심이다. 앞서 낱말을 이야기했지만 글의 핵심은 문장이다. 문장이야말로 미묘한 생각을 만들어 낼 수 있는, 가장 작은, 뜻을 담은 것이다. 그래서 글은 문장이 가장 중요하다.

머리말에서 글쓰기는 어려워도 문장 쓰기는 어렵지 않다는 말을 했다. 한 편의 글을 쓰기는 어렵지만, 당장 배가 고프다고 말하는 것은 어렵지 않다. 그래서 어렵지 않은 문장에서 글쓰기를 시작하자고 했다. 그 문장이다.

그런데 사람들은 이 문장 쓰기를 어려워한다. 그리고 그 어려움의 가장 큰 원인은 문법이다. 문법에 맞는 문장 쓰기를 하늘의 별 따기만큼 어렵게 생각한다. 그래서 글쓰기를 공부한다고 하면, 문법에 맞는 문장 쓰기를 생각한다. 그리고 문법에 맞지 않는 문장을 찾아낼 수 있고, 문법에 맞는 문장으로 고칠 수 있어야 한다고 생각한다.

결론부터 말하자면, 그건 글쓰기 공부가 아니다. 그건 글쓰기 능력이 아니다. 물론 중요하지만 부수적인 일이다. 그건 하고 싶은 말을 하는 글쓰기와 조금 떨어져 있다. 설령 문법에 맞지 않아도 뜻이 통하기 때문이다. 문법이 중요한 것이 아니다. 글쓰기는 뜻이 중요한 것이다.

그래도 문법에 맞는 올바른 문장 쓰는 법을 생각해 보자.

당연히 문법에 맞아야 한다. 그런데 문법에 맞는다는 것이 무엇일까? 그것은 문장이 온전하게 그 뜻을 알 수 있는 문장이어야 한다는 것을 말한다. 어떤 문장이든 그 뜻을, 누구든지 이해할 수 있어야 올바른 문장이다.

그렇다면 이렇다.

첫째, 무엇이 어찌하다, 무엇이 어떻다, 무엇은 무엇이다 등 주어와 서술어가 분명해야 한다. 그래야 뜻이 분명하다. 주어나 서술어가 빠지면 누구든지 그 문장의 뜻을 알 수 없다. 주어와 서술어를 분명히 써야 한다.

둘째, 나머지는 꾸며 주는 말이다. 주어를 꾸미고, 서술어를 꾸민다. 다음 문장을 보자. '아름다운 세상이 올 것이다.' '세상이'라는 주어를 꾸미는 것은 '아름다운'이다. 그 말을 분명히 하면 된다. 그리고 '올 것이다.'라는 서술어를 잘 꾸미면 된다. 예를 들어, '빨리올 것이다.'라고 하자. '빨리'가 서술어 '올 것이다.'를 꾸민다. 이렇게 꾸미면 된다.

그 밖에 올바른 문장을 쓰기 위해 지켜야 할 것은 많다. 높임법, 사동과 피동 표현 등 문법적인 표현들이다. 그 모든 표현법은 올바른 문장을 쓰기 위해 필요한 것들이다. 그리고 올바른 문장은 올바른 뜻을 담은 문장을 말한다. 그것이 올바른 문장을 쓰는 가장 좋은 방법이다. 하고 싶은 말이 문장에 온전하게 표현되어 있는가. 그것이 가장 좋은 문장이다.

서감도로 보면 자연스럽지 못한 문장을 쉽게 찾아낼 수 있다. 결국 앞뒤가 맞지 않는 부분이 있기 때문이다. 문장 안에서 앞뒤가 맞지 않는 부분, 주어와 서술어의 호응을 비롯한 모든 경우의 앞뒤 관계를 살피면 생각보다 쉽게 올바르지 못한 문장을 찾을 수 있다. 이를 활용해서 올바른 문장을 쓸 수 있다.

## 문단 쓰기

문단 쓰기는 문장 쓰기보다 쉽다. 이미 올바른 문장을 쓸 수 있다면 몇 개의 문장 쓰기인 문단 쓰기는 당연히 쉬울것이다. 문단의 주제 문장을 적고, 그 주제 문장을 이해하기 쉽게 설명하면 된다. 설명이 다 되었으면 멈추면 된다. 그것이 문단이다.

문단의 주제는 세부 주제라는 것이다. 구상하기 과정에서 자료를 찾는 과정이 세부 주제를 찾는 과정이라고 했다. 문단의 세부 주제는 사실 단락의 세부 주제 중의 하나다. 단락의 주제 중의 하나다. 세부 주제 하나가 하나의 문단으로 이루어진다. 물론 두 개의 문단이 될 수도 있다. 그러면 문단의 관계가 생긴다. 마치 문장의 관계와 같다. 그래서 부모 문단, 자식 문단의 관계가 생긴다.

문단은 몇 개의 문장이 모여서 문단의 주제를 표현한다. 일반적인 모형을 익혀 두면 문단 쓰기가 수월해진다. 다음은 흔히 쓰는 설득적인 글의 문단이다.

주장 : ~해야 한다.

근거 : 왜냐하면 ~ 때문이다.

설명 : 예를 들어 ~다.

반복 : 다시 말하면 ~다.

이 모델의 서감도는 다음과 같다.

①, ①-1, ①-2, ①′

## 단락 쓰기

단락 쓰기는 문단 쓰기의 반복이다. 그래서 문단 쓰기만 된다면 그리 어려운 일이 아니다. 단락의 주제가 있고, 단락의 세부 주제가 있어서 문단이 되고, 그 문단의 주제를 표현하기 위해 몇 개의 문장을 쓰는 과정이다.

단락 역시 서감도로 본다면, 부모 단락과 자식 단락이 있을 수 있다. 설명해야 할 단락과 그 단락을 풀어 설명한 단락. 그 관계를 서감도에서 한눈에 볼 수 있다. 그렇게 머릿속으로 한눈에 보면서 글을 써 내려갈 수 있다.

## 문장 부호

●

문장 부호는 글을 읽고 쓰는 사람들의 약속이라고 말할 수 있다. 목적은 글의 뜻을 좀 더 정확하게 표현하기 위한 것이다.

글을 쓸 때 문장 부호도 따라붙게 된다. 그런데 이 규칙도 소홀히 대하는 경우가 많다. 알아 두면 읽고 쓸 때 매우 유용하다.

### 가. 먼저 제목

제목은 가운데에 잘 보이게 쓴다. 문장 부호는 붙이지 않는다.

### 나. 글쓴이

글쓴이의 이름은 제목에서 줄을 띄우고 오른쪽에 쓴다.

### 다. 본문 첫 단락, 첫 문단, 첫 문장〔Ⅰ-A-①〕

단락은 위의 글에서 줄을 바꾼다. 그러므로 글쓴이의 이름에서 넉넉하게 띄운다. 또 문단은 들여쓰기를 하므로 한 칸 들여 쓴다. 또 문장이 끝나면 마침표[온점(.), 물음표(?), 느낌표(!)]를 찍기로 하였으므로 문장에 따라 온점이든 물음표든 느낌표를 찍어야 한다.

### 라. 두 번째 문장〔Ⅰ-A-②〕

역시 문장을 마치면 마침표를 찍어야 한다. 또 글이 계속 이어지면 다음 줄에 이어서 쓴다. 이때 이어 쓰는 글은 들여쓰기를 하지 않는다. 즉 내어쓰기를 한다.

### 마. 첫 문단의 마무리〔Ⅰ-A-마지막 문장〕

문단을 마치게 되면, 마지막 문장에서 줄을 바꾸어 새로운 문단을 시작한다.

### 바. 이후 문단〔Ⅰ-B〕

첫 문단의 반복.

### 사. 첫 단락의 마무리〔Ⅰ-마지막 문단-마지막 문장〕

단락을 마치게 되면, 마지막 문단의 마지막 문장에서 한 줄을 띄우고 새로운 단락을 시작한다.

아. 두 번째 단락의 시작과 마무리 〔Ⅱ-A-① ~ 마지막 문장〕
첫 단락의 반복.

자. 마지막 단락의 마무리 〔마지막 단락-마지막 문단-마지막 문장〕
마지막 단락, 마지막 문단의 마지막 문장을 쓰고 마침표를 찍는다. 일반 문단 마무리와 다를 것은 없다.

차. 기타
반점이 필요한 곳에 반점을 찍는다. 예를 들어 수식어가 바로 다음에 있지 않고 멀리 있는 경우(아름다운, 보기 드문 꽃이 피어 있었다.) 등이다.

또 마찬가지로 쉼표[반점(,), 가운뎃점(·), 쌍점(:), 빗금(/)]를 필요한 곳에 사용한다. 따옴표[큰따옴표(" "), 작은따옴표(' ')] 역시 마찬가지고, 묶음표[소괄호(( )), 중괄호({ }), 대괄호(〔 〕)]도, 이음표[줄표(—), 붙임표(-), 물결표(~)]도, 드러냄표(˚), 안드러냄표[숨김표(××, ○○), 빠짐표(□), 줄임표(……)]도 마찬가지다. 자세한 용례는 공부 겸 찾아보시기를 바란다.

# 3) 퇴고 과정

고쳐 쓰기, 글 다듬기라고도 한다. 글을 잘 쓰기 위한 방법으로, 많이 알려진 삼다(三多)의 다독, 다작, 다상량 중에서 다상량에 해당하는 과정이다. 다상량은 생각을 많이 하는 것이 아니라 글을 많이 다듬는 것을 말한다.

## ① 고쳐 쓰기

퇴고는 글쓰기의 마지막 과정으로, 쓴 글을 다듬는 과정을 말한다. 어느 시인이 퇴推(민다)로 할까, 고敲(두드리다)로 할까 고민했다는 일화에서 나온 이야기라고 한다.

고쳐 쓰기에서 말하고 싶은 것은 두 가지다.

첫 번째, 고쳐 쓰기의 목적은 하나라는 것.

글의 주제가 잘 드러나게 하는 것. 그렇게 하기 위해서 단락의 주제를 살펴 다른 단락의 주제와 잘 어울리는지 살펴보고, 마찬가지로 문단과 문단의 주제가 잘 어울리는지 살펴보아야 한다. 이때 주제가 약하면 주제를 뒷받침할 내용을 추가하고, 주제에서 벗어난 부분이 있으면 빼고, 구성이 자연스럽지 못하고 효과적이지 못하면 바로잡아야 한다.

다음은 문장. 문장의 뜻이 잘 드러나고, 혹 어려운 문장이 있으면 다음 문장에서 잘 이해할 수 있도록 풀어 쓰고 있는지 살펴보아야 한다. 그리고 문법에 어긋나는 문장이 있는지 살펴야 한다.

다음은 단어. 잘못 사용된 단어가 있는지 살펴보아야 한다. 곁들여 잘못된 문장 부호도 살펴보면 좋다.

단락과 단락의 주제가 어울리는가 하는 문제는 문장과 문장이 어울리는 것과 같다. 예를 들어 '아침에 일어나 운동을 했다. 그리고 맛있게 아침을 먹었다.'는 두 문장이 있다고 하자. 이 두 문장은 자연스럽게 이어진다. 단락과 단락도 이렇게 자연스럽게 이어져야 한다. 즉 단락에는 단락의 주제가 있다. 그 주제와 다른 단락의 주제가 앞의 두 문장처럼 어울리면 된다.

문단과 문단의 주제가 어울리는 문제도 마찬가지다.

문장과 문장의 연결도 마찬가지다.

이제 남은 것은 단어와 문장 부호. 이것은 앞의 단락, 문단, 문장이 자연스럽게 이어지는 문제와 좀 다르다. 문장에서 표현하려는 뜻이 잘 드러나는 단어인지 확인하는 것이고, 문장의 뜻이 잘 드러나도록 문장 부호가 제대로 사용되었는지 확인하는 것이다.

두 번째, 하고 싶은 말.

흔히 말하는 맞춤법, 표준어, 외래어 표기법, 순화어, 혼동하기 쉬운 단어의 구별 등 올바른 단어 사용법과 조사, 띄어쓰기, 논리적 오류, 문장의 호응 등 올바른 문장 사용법 등 문법이 고쳐 쓰기의 중심이 아니라는 것이다.

물론 중요하다. 게다가 기본이다. 하지만 누구든지 완벽할 수 없다. 그리고 솔직히 좀 복잡하다. 실제 언어 사용자들이 문법을 제대로 알지 못하기 때문에 혼란은 더하다. 사투리를 알아들을 수 있는 것처럼, 올바르지 못한 문장이라도 그 뜻을 이해할 수 있는 정도로 쓴다면 큰 문제가 없다. 당연히 많은 사람이 보는 책 등 매체에 쓰는 글이라면 전문가의 손으로 다듬어야 한다. 실제로 그렇게 한다.

하고 싶은 이야기는 글쓰기 공부가 문법 공부여서는 안 된다는 것이다. 문법 공부는 물론 중요하고 기초적인 부분이지만, '누구'에게 어떤 말을 할 것인지, 구상하고 구성하고, 실제로 독자가 쉽게 이해할 수 있도록 글을 써 나가는 법을 익히는 것이 되어야 한다.

## ② 고쳐 쓰기 판단 기준

●

판단 기준이라고 한 것은 고쳐 쓰기의 범위가 워낙 넓어 어디서 시작해야 할지 어렵기 때문이다. 몇 가지 원칙을 안내한다.

### 단락 기준

먼저 단락을 구분할 필요가 있다. 내용이 확연히 달라 다른 글과 구별할 필요가 있을 때 한 줄을 띄운다. 예를 들어 사계절을 말한다고 할 때, 봄, 여름, 가을, 겨울은 단락이다.


### 문단 기준

세부 주제(주제 중의 작은 주제 한 가지)를 모두 말했으면 문단을 마치고 새로운 문단을 시작해야 한다. 새로운 문단은 세부 주제가 달라야 한다. 이렇게 문단을 잘 구분해 주어야 한다. 예를 들어 가을의 특징이 넷이라면, 문단은 넷이어야 한다.


### 문장 기준

문장의 뜻이 온전하게 드러나는가를 확인해야 한다. 그것이 가장 중요하다. 문법은 문장의 뜻이 온전하게 드러났는가, 거기에 따라오는 것뿐이다. 그러면 다음과 같은 것이 따라온다. 먼저, 꼭 있어야 할 주어와 서술어 등 문장 성분이 빠지지 않았는지, 구나 절이 있다면 구와 절의 앞뒤가 맞는 서술인지, 문장이 두 개 이상의 뜻이 복잡하게 들어 있지 않은지. 결국 문장을 독자가 잘 이해할 수 있을까, 그것을 판단 기준으로 삼아야 한다.


### 낱말 기준

역시 문장 기준과 같다. 낱말이 뜻하고자 했던 것을 제대로 표현한 것인지 살펴야 한다. '아' 다르고 '어' 다르다는 속담도 있다. 조사도 낱말이다. 어떤 조사를 써야 좋을지 한 달 동안 고민했다는 작가들의 이야기도 흔하다. 표기법은 그다음이다.

맞춤법, 띄어쓰기, 표준어 등 정확한 표기법을 사용한다는 것은 쉽지 않은 일이다. 낱말의 어원과 변천 과정 등 낱말 하나하나를 충분히 알아야 가장 좋은데, 전문 학자가 아니고서는 현실적으로 어려운 일이다. 그러나 다시 말씀드리지만 낱말 때문에 글을 쓰지 못하는 것은 아니다. 평소에 올바른 표기법을 확인해서 익히는 것이 가장 좋다. <sub>국립국어원의 '온라인 가나다'를 추천한다.</sub> 일기 쓸 때, 확인하는 것도 한 가지 방법이다.

### ③ 얼마나 고쳐 써야 할까?

많으면 많을수록 좋다는 말이 딱 맞는 것 중의 하나가 글 다듬기 과정이다. 한 번보다 두 번이 좋다. 두 번보다 세 번이 좋다. 당연히 기준은 뜻이다. 뜻을 잘 표현하기 위해서 백 번도 좋다. <sub>현실적으로 어렵지만.</sub>

글을 다듬어야 하는 이유는 명백하다. 초고가 완성되면 글이 눈에 보이기 때문에 잘된 부분, 잘못된 부분을 분명히 찾아낼 수 있다. 눈으로 보면서 다듬으니 글의 모양새가 좋아지게 마련이다.

그런데 사람은 자기가 보고 싶은 것만 본다는 말이 있다. 그래서 한 사람이 같은 글을 고치는 데에는 어려움이 있다. 여러 사람의 눈이 더 낫다. 그렇게 열 사람을 거치면서 원석이 보석이 된다.

# 2. '서감도'로 본
여러 가지 글

# 1) 설명하는 글

**초등 국어사전, 일러두기**

> ### 일러두기
>
> ① 이 사전의 맞춤법 · 표준어 · 외래어는 정부에서 확정, 발표한 한글 맞춤법(1988년)과 표준어 규정(1988년), 외래어 표기법(1986년) 및 그에 따라 국가에서 완성한 〈표준국어대사전〉(국립국어연구원, 1999년)의 내용에 따랐다. ② 그런데 띄어쓰기나 표기에 있어서 현행 국어 교과서와 〈표준국어대사전〉 사이에 차이가 있을 경우에는 후자의 규범을 우선적으로 따랐다. 〈금성출판사〉

두 개의 문장으로 이루어진 문단이다. 맞춤법, 표준어, 외래어 표기 원칙을 밝히고 있다. ①번 문장은 대원칙을, ②번 문장은 예외 사항을 설명하고 있다.

이 사전은 초등학생을 위한 것이다. 그러므로 표준어, 외래어 등 익숙하지 않은 낱말은 풀어 쓰면 좋다. 또 ②번 문장은 예외 원칙을 설명했을 뿐, 그 이유를 밝히지 않고 있다. 그 이유를 밝혔으면 좋았을 것이다. 또한 ①, ②번 문장 모두 다소 긴 편이다. 짧게 끊어 썼다면 이해가 더 쉬웠을 것이다.

## MP3, 이동식 디스크 사용하기

### 파일 다룬로드/업로드하기

① 1. 본 기기를 PC에 연결하세요.
② 2. PC의 윈도우 탐색기를 실행하세요.
  • 윈도우 탐색기에 이동식 디스크 드라이브가 생성됩니다.
③ 3. 저장하고자 하는 파일을 선택한 후 이동식 디스크로 드래그 앤 드롭 하세요. ④ 저장된 파일은 파일명 순서대로 재생됩니다. ⑤ 순서를 바꾸기 위해서는 파일이름을 변경하세요.(숫자, 알파벳 순서)

주의
① • 파일 다운로드 혹은 업로드 중에는 "READING/ WRITING" 메시지가 표시됩니다. ② "READING/ WRITING" 표시 중 USB 케이블을 분리하면 오동작을 일으킬 수 있습니다.

③ · 윈도우 탐색기 내의 이동식 디스크 선택 시 나타나는 음악파일의 순서는 실제 재생순서와는 관계가 없습니다. 〈삼성전자〉

mp3를 이동식 디스크로 사용하기 위한 설명이다. 순서대로 따라가면 사용할 수 있게 설명하고 있다. 순서대로 해야 할 일들은 모두 독립 문단으로 쓰는 것이 좋다. 그리고 그 독립 문단에는 한 가지만 설명하는 것이 좋다. 한 단계가 끝나면 다음 단계로 넘어가면 된다. 그래서 모든 문장에 번호를 붙였다. 또한 단계 내에 주의할 점은 가운뎃점( · )으로 구별했다. 기기의 사용 설명, 요리법 등을 설명할 때 쓰는 서술 방식이다.

사용 설명서는 무엇보다도 쉬운 설명이 중요하다. 다 알 것이라고 가정하는 것에 주의해야 한다. ③번 문장에서 '드래그 앤 드롭'은 혹 모르는 사람을 위해 따로 설명해 주는 것이 좋겠다. 또 ④, ⑤번 문장은 ③번 문장의 부속 설명이므로 ②번 문장에서 가운뎃점으로 구별하는 것이 좋겠다. ⑤번 문장의 끝에 있는 괄호는 파일명의 순서를 나타내므로 ④번 문장에서 다루는 것이 좋겠다. 즉, '④ 저장된 파일은 숫자, 알파벳 순서의 파일명으로 재생됩니다.'가 좋겠다.

## 단소 교본

# 단소

① 단소는 짧은 ⓐ취악기라는 뜻으로 붙여진 이름이다.

② 단소의 기원은 지금으로부터 4천여 년 전 중국 황제 때 기백이 만들었다는 설과 한대의 단소요가에서 보이는 그 단소라는 설이 있으며, 순조연간에 청나라로부터 수입하여 궁중음악에 사용하였다고 조선악기편과 이왕가 악기첩에 적혀있다.

③ 그러나 구조와 체제로 보아서 시나위 통애와 함께 신라 삼죽의 가로저보다도 훨씬 이전부터 ⓑ민속간의 자연 발생적으로 애완되던 향토적이고 서정적인 순취의 세로대가 아닌가 생각한다는 설도 있다. ④ 악학궤범에는 이 악기가 소개되어 있지 않고 조선 중기 이후의 문헌에서도 단소의 이름을 찾을 수 없는 점으로 보아 조선 말기에 향악기화한 퉁소를 작은형으로 만들어 쓰는 것으로 추측된다는 설도 있다.

⑤ 단소는 관리하기가 간편하여 점차 대중화되고 음색이 맑고 청아하여 독주는 물론 줄풍류나 가곡반주 그리고 양금이나 생황과의 병주로도 잘 어울리어 생황과 단소와의 2중주를 생소병주라 하여 많이 연주되고 있다.

⑥ 그리고 조선조 현종 때는 단소의 명인 함제홍이 함소로 별칭할 정도로 신기에 가까웠다고 하며 최수성은 취미로 단소를 만지다가 본격적으로 직업을 바꾼 사람이었다고 한다.

⑦ 단소는 내경 11~13mm의 오래 묵은 황죽이나 오죽을 길이 약 400mm로 잘라 위의 안쪽으로 반달모양같이 파내어 취구(내규)

를 만들어 음공을 뒤에 한 개, 앞에 네 개를 두었다.

⑧ 종전에는 대부분의 단소가 대나무로 만들어졌으나 대나무의 특성상 내경이 서로 달라 음률이 균일하지 못하고 음색이 서로 달라서 최근에는 가격이 저렴하고 음률, 음색이 일정한 플라스틱 단소가 보편화되고 있으며, 당사에서도 처음 단소를 배우는 학생들을 위해서는 대나무보다는 플라스틱 단소를 추천하고 있다.

〈엔젤악기〉

초등학교 앞 문구점에서 판매하는 단소 교본에 있는 단소 설명이다. 단소를 처음 접하는 초등학생을 위한 간단한 설명이 목적일 것으로 보인다.

이 글은 단소의 기원, 특징, 일화, 구조, 제작과 관련된 이야기로 이루어졌다. ①번 문장에서 ⓐ취악기는 관악기의 다른 이름인데, 일반적으로 관악기라는 말을 많이 쓰니 따로 풀이하면 좋겠다. 또 ⓑ민속간의는 '민속에'가 낫겠다.

②, ③, ④번 문장은 기원에 관한 내용이므로 한 문단으로 묶는 것이 좋겠다. 또 ②번 문장의 '순조연간에~'의 부분은 앞의 기원과 연결되지 못한다. 수정할 필요가 있다. ⑤, ⑥, ⑦, ⑧번 문장은 모두 한 문장으로 이루어졌다. 문장이 지나치게 길다. 여러 뜻을 가졌으니 나누어 쓰는 것이 좋겠다.

# 복합마데카솔 연고

① 1) 정해진 용법 · 용량을 잘 지킨다.

② 2) 소아에게 사용할 경우에는 보호자의 지도 · 감독 하에 사용한다.

③ 3) 국소 ⓐ 코르티코이드의 전신적 흡수는 몇몇 환자에서 가역적인 ⓑ 시상하부-뇌하수체-부신(HPA) 축의 억제, 쿠싱증후군, 과혈당증, 당뇨 등을 일으킬 수 있으므로 국소 코르티코이드를 광범위한 체표면 또는 ⓒ 밀봉 붕대법 하에 사용하는 환자는 정기적으로 혈중 ⓓ 코르티솔 농도, 요중에 유리되는 코르티솔을 측정하거나 ⓔ ACTH 자극시험을 하여 HPA 축 억제를 검사한다.

④ 4) 국소 코르티코이드의 전신적 흡수로 인해 HPA 축이 억제되었다면 약물사용의 중지, 투여 빈도의 감소, 활성이 약한 코르티코이드로의 대체 등의 방법을 시도하고 일반적으로 국소 코르티코이드 약물투여 중지 후 HPA축 기능은 신속히 회복된다.

⑤ 5) 증상이 개선되지 않거나 악화되는 경우에는 사용을 중지한다.

⑥ 6) 증상이 개선되면 가능한 한 빠른 시일 내에 사용을 중지한다.

⑦ 7) 대량, 장기간, 광범위하게 특히 밀봉 붕대법을 사용함으로써 코르티코이드를 전신적으로 투여한 경우와 같은 증상이 나타날 수 있다. 특별한 경우를 제외하고는 장기, 대량사용 및 밀

봉 붕대법을 피한다.

⑧ 8) ⑥ 감작할 수 있으므로 충분히 관찰하고 감작징후(가려움,
발적, 부종, 구진, 소수포 등)가 나타날 경우에는 사용을 중지
한다. 특히 8일 이상 장기연용 시 감작위험이 증가할 수 있으
므로 장기연용하지 않는다. 감작발생은 추후에 동일 종류 항
생제 전신 투여 시 유해할 수 있다.

⑨ 9) 연쇄구균에 의한 감염증상이 나타날 때에는 전신적인 항생
제 요법이 필요하다.

⑩ 10) 장기연용에 의해 내성균 발현의 위험이 있다.

집에 하나 정도 있음 직한 약이다. 의학 전문 용어인 만큼 그 뜻
을 잘 모르면 의사나 약사에게 물어보고 사용할 일이다. 물론 일
반인도 그 뜻을 알 수 있도록 설명해 주면 좋을 것이다.

ⓐ~ⓕ까지의 용어를 좀 더 풀어 쓰면 좋겠다. ③~⑦까지 같
은 범주의 내용이므로 묶어서 표현하면 좋겠다. ③, ④번 문장은
길어서 그 뜻을 알기 어려우므로 ⑧번 문장처럼 나누면 좋겠다.

## 보험 약관

장기손해보험의 원리 및 특성

① 장기손해보험은 계약자가 납입한 보험료 중에서 저축보험료 부분을 회사가 보험기간 동안 소정의 예정이율로 운용하여 보험기간이 만료되는 시점에서 계약자에게 만기환급금으로 지급하는 저축기능과 보험기간 동안의 위험을 보장받을 수 있는 보장기능을 겸비하고 있는 보험상품입니다.

어느 보험사의 보험 상품 설명문이다. 무엇을 설명하는지 이해하기 어렵다. 여러 의미를 하나의 문장에 넣었기 때문이다. 의미가 정리되지 않은 채 계속해서 다른 의미를 헤아려야 하는 구조다. 일부러 이해하기 힘들게 썼다고 오해를 살 만하다. 한눈에 ①번 문장이 지나치게 길다는 것을 알 수 있다. 물론 의미 단위로 문장을 나누어 쓰면, 이해가 쉽다.

# 부동산 매매 계약서

## 아파트 매매계약서

① 제1조  매도인은 위 기재의 아파트를 현 상태로 아래 기재의
    대금으로 매수인에게 양도하며, 매수인은 이를 매수한다.

② 제2조 매도인은 매매대금의 잔금 수령과 동시에 매수인에게
    소유권이전등기에 필요한 모든 서류를 교부하고 등기 절차에
    협력하며, 위 아파트 인도일은____년 __월 __일로 한다.

③ 제3조 매도인은 위 아파트에 관하여 소유권의 완전한 행사를
    저해하는 일체의 권리 및 제세공과 또는 수익자부담금 등의
    미납에 관한 모든 하자를 잔금 수령일까지 그 권리의 하자 및
    부담 등을 제거하여 완전한 소유권을 매수인에게 이전한다.

④ 다만 승계하기로 합의하는 권리 및 금액은 그러하지 아니하다.

⑤ 제4조 위 아파트에 관하여 발생한 수익의 귀속과 제세 공과금
    등의 부담은 위 부동산의 인도일 기준으로 정한다.

⑥ 제5조 본 계약은 중도금(중도금 약정이 없는 경우에는 잔금)
    을 지불하기 전까지 해제할 수 있으며, 이 경우 매도인이 해제
    할 경우에는 계약금의 2배액을 매수인에 상환해야 하며, 매수
    인은 계약금을 포기함으로써 계약을 해제할 수 있다.

⑦ 제6조 이 계약에 별도의 약정이 없는 사항에 관하여는 모두 법
    령의 규정 또는 관습에 따라 원만하게 처리하기로 한다.

⑧ 제7조 아파트 매매계약에 대한 중개수수료는 당해 계약의 체
    결과 동시에 매도인과 매수인 쌍방이 각각 지불하여야 한다.

일반적인 부동산 매매 계약서다. 내용을 정확하게 표현하기 위해 각 항목별로 번호를 붙였다. 또 전문 용어를 사용하여 발생할 수 있는 혼란을 피하고 있다. 그러나 일반적인 법률 용어와 마찬가지로 지나치게 어려운 한자말을 쓰는 것은 피해야겠다. ③, ⑥번 문장은 길다. 역시 나누어 쓰면 좋겠다.

## 백과사전

> 뇌 [腦, brain]
> 요약 : 동물의 신경계를 통합하는 최고의 중추(中樞).
>
> 본문 : ① 중추신경계 중 형태적 · 기능적으로 가장 고차(高次)의 통합을 실행하는 부분이다.
> ② 사람의 뇌는 신경세포와 신경섬유 및 그 사이를 채운 신경교조직(神經膠組織)으로 구성되며, 외면은 뇌막으로 싸여 있다. ③ 발생초기의 태아의 등쪽에 생긴 신경관의 두단부(頭端部)가 팽대하여 뇌포(腦胞)로서 분화하므로 내부에는 뇌실이라고 하는 수액(髓液)이 들어 있는 강소(腔所)가 있다. ③-1 뇌포는 복잡한 발육과 변형을 거쳐 최상부로부터 종뇌(終腦) · 간뇌(間腦) · 중뇌 · 후뇌 및 수뇌[末腦]로 나눠진다.
> ③-1-1 종뇌는 좌우의 대뇌반구, 간뇌는 시상과 시상하부, 중뇌는 사구체와 대뇌각(大腦脚), 후뇌는 교(橋)와 소뇌, 수

뇌는 연수로 분화된다. ④ 뇌는 경막(硬膜)·지주막(蜘蛛膜)·유막(柔膜)의 삼중의 뇌막에 싸여 있으며 두골로 보호되어 있다. ④-1 지주막과 유막 사이에는 수액이 들어 있어서 외부로부터 충격이 뇌에 직접 도달하지 못하게 한다.〈두산백과사전〉

어렵다는 느낌을 지울 수 없다. 물론 전문 용어를 사용해야 한다는 것을 감안해도 그렇다. ①번 문장은 동물의 뇌 전체를 설명하는 문장으로 보인다. 그렇다면 동물의 뇌를 분류해 설명해야 할 순서다. 그런데 갑자기 ②번 문장에서 사람의 뇌를 설명한다. 그래서 ①번 문장의 정체를 알 수 없다. ②, ③, ④번 문장이 주된 설명 부분이다. 그런데 서감도에서 보듯, 문단의 구분이 좋지 않고 문장의 순서가 깔끔하지 않다. 용어를 풀어 써야 할 것으로 보이며, 그림을 곁들이면 더 좋겠다. 문단도 바로잡아야겠다.

**교과서**

<br>

### 세계의 기후 분포

① 열대 기후는 덥고 비가 많다. ② 적도 부근 열대 기후 지역은 일 년 내내 비가 내리고, 기온이 높아 울창한 밀림으로 덮여 있다. ③ⓐ 그 주변 지역에는 기온은 높지만 비가 오는 계절(우기)과 오지 않는 계절(건기)의 구분이 뚜렷하며 풀이 잘 자라는 열대 초원이 있다.

④ 건조 기후는 덥고 비가 잘 내리지 않는다. ⑤ 사막은 증발량이 많아 몹시 건조하고, 외곽의 초원은 사막보다 비가 자주 내려 풀이 잘 자란다. ⑥ⓑ 이 지역에서는 대개 밀을 재배하거나 양을 기른다.

⑦ 온대 기후는 기후가 온화하고, 강수량이 적절하여 인간 생활에 유리하다. ⑧ 아시아의 온대 기후 지역은 여름에 덥고 비가 많아 벼농사가 활발한 반면, 지중해 주변은 여름이 덥고 건조하여, 이러한 기후에 잘 견디는 ⓒ 관목들이 자라고 있다. ⑨ 서부 유럽은 온화하고, 연중 비가 고르게 내린다.

⑩ 냉대 기후는 겨울이 길고, 온대 기후보다는 겨울 기온이 낮다. ⑪ 이 기후 지역의 북부에는 '타이가(추운 숲)'라 불리는 침엽수림 지대가 형성되어 있다. ⑫ 한대 기후는 몹시 춥고, 강수량도 적다. ⑬ 북극해 주변은 일 년 내내 땅이 얼고 건조하지만, 여름에는 땅이 녹아 이끼와 풀이 자라는 툰드라 지대가 나타난다. 〈중앙교육진흥연구소, 중1 사회〉

풀이 문장이 전혀 없는 것이 큰 특징이다. 풀이 문장이 없다는 것은 풀이할 것이 없을 만큼 부모 문장이 쉽다는 것이다. 실제로 본문의 내용은 모두 짧은 문장에 한 가지 사실만 담고 있다. 특별히 어려운 낱말도 보이지 않는다. 전형적인 교과서의 설명문이다.

그런데 ⓐ, ⓑ의 경우, 뜻을 더 정확하게 하는 것이 좋겠다. ⓐ의 범위가 어느 정도인지 알기 어렵다. 그래서 적도에서 얼마나 떨어진 곳인지 정확하지 않다. ⓑ 역시 비슷하다. 건조 지역이 모두 사막 지역인지, 사막 지역의 외곽은 어느 정도 떨어진 거리인지 알 수 없다. ⓒ 낱말도 풀이하면 좋겠다.

⑩~⑬번 문장으로 이루어진 마지막 문단은 냉대 기후와 한대 기후를 설명하고 있다. 춥다는 것은 공통이지만 분명히 구분할 수 있으므로 ⑩, ⑪번 문장과 ⑫, ⑬번 문장으로 나누는 것이 좋겠다.

## 신문기사

### [나눔의 IT문화 이제는 학교다](116) 사회적 기업

① 기업의 이미지를 결정짓는 수많은 요인 중에는 CF 모델, 제품의 질, 경제성장 기여 등 다양한 측면이 있지만 지난 2000년 이후 전 세계적으로 '기업의 사회적 책임'도 중요 요인으로 대두하

고 있습니다. ② 많은 기업이 사회공헌 부서를 두고 전사적으로 활동을 펼치기도 하고 지속적인 기부도 합니다. ③ 최근에는 이런 움직임을 한 단계 넘어선 '사회적 기업'도 생겨났습니다. ③´ 기업의 사회적 책임을 넘어 이윤 창출보다는 사회적 목표에 무게를 두는 '사회적 기업'을 보는 관심도 점차 증대되고 있는 것이지요. ④ 기업의 절대 목표인 이윤추구가 기업을 잘 운영하기 위한 수단이라는 '사회적 기업'에 대해 알아봅니다.

Q. 사회적 기업은 무엇인가요?

A. ④ 먼저, 사회적 기업이라는 용어의 탄생부터 설명하겠습니다. ⑤ 사회적 기업이라는 용어는 지미 카터 전 미 대통령 시절 환경보호국 부국장을 지낸 빌 드레이튼이 처음 제시했습니다. ⑥ 전 세계 사회적 기업을 지원하는 '아소카재단'을 설립하기도 한 드레이튼은 사회적 기업을 운영하는 기업가를 '사람에게 고기를 잡아 주거나 고기 잡는 법을 가르쳐 주는 것에 만족하지 않고 고기 잡는 산업을 바꾸기 위해 매진하는 사람'으로 정의합니다. ⑥´ 이처럼 사회적 기업은 이윤창출에 신경을 쓰는 기업의 형태를 띠지만 사회적 취약 계층을 위한 일자리 창출과 사회복지와 서비스 제공을 기업 운영의 목적으로 한다는 특징이 있습니다. ⑦ 혹자는 사회적 기업이 시민단체나 NGO와 무슨 차이가 있느냐고 묻기도 합니다. ⑧ 사회적 기업은 근로자를 고용해 재화와 서비스를 직접 생산 및 판매한다는 점에서 일반 영리기업과 같습니다. ⑨ 다만, 영리를 사회적 책무를 다하는 데 쓴다는 점에서는 비영리 조직에 닿아있다고 할 수 있습니다.

Q. 사회적 기업이 왜 필요한가요?

A. ⑩ 기업의 사회공헌, 정부의 복지가 책임질 수 없는 사회적 취약계층을 건강한 사회 계층으로 바꾸기 위해 사회적 기업은 필요합니다. ⑪ 뉴욕타임스는 지난해 5월 사회적 기업을 '돈도 벌고 세상도 구하는 비즈니스'라고 정의하기도 했습니다. ⑫ 기본적으로 대부분의 학자들은 기업의 사회 공헌이 필요한 이유를 "기업의 연원 자체가 사회 구성에서 왔기 때문에 기업의 필수적인 책임"이라고 설명합니다. ⑬ 하지만 결국 이윤추구가 최대 목적인 일반 기업에 과도한 사회적 책무를 부과하는 것은 현실적으로 불가능한 문제입니다. ⑭ 이 때문에 정부가 시장에서 자연스레 감당할 수 없는 사회적 약자를 보호하는 사회복지제도를 펴는 것입니다.

⑮ 이러한 정부의 무조건적인 지원은 밑 빠진 독에 물 붓기라는 비판을 받습니다. ⑮´ 사회취약계층이 생산과 소비를 담당하는 사회계층으로 올라 설 수 있도록 돕기에는 역부족이라는 거지요. ⑯ 이런 가운데 기업과 시민단체 등의 사이에서 완충적 역할을 하는 것이 바로 '사회적 기업'입니다. 〈후략〉

〈2008년 10월 9일, 전자신문, 최순옥 기자〉

사회적 기업을 설명하는 기사문이다. 읽기 편하게 인터뷰 형식을 취했다. 그런데 실제 인터뷰가 아니라 답변하는 사람이 누구인지 나와 있지 않다. 그런 내용을 알렸으면, 답변하는 사람이 누구인지 궁금해하지 않았을 것이다.

사회적 기업에 대한 일반 독자의 궁금증을 가상하여 질문을 하고 있다. 그래서 일반적으로 간단한 소제목을 뽑는 것보다 설명하려는 것을 쉽게 알 수 있다.

간결한 문장으로 설명해 나가고 있어서 풀이 문장이 거의 없다. ③´, ⑥´, ⑮´의 반복 문장이 보이는 것이 이 글의 특징이다. ③, ⑥, ⑮번 문장을 다시 한 번 반복해서 설명한 것이다. 독자를 위한 배려로 느껴진다. 특별히 어려운 낱말도 없다. 그리고 중간 중간에 '돈도 벌고 세상도 구하는 비즈니스'처럼 일상 용어로 풀이한 설명으로 이해가 쉽다.


## 서감도로 본 설명문의 특징

설명문은 우리 일상에서 가장 많이 접하는 글 중의 하나다. 그 종류도 많다. 전자 기기의 사용 설명서부터, 장난감 조립 설명서, 차량 점검 등 수많은 안내문이 모두 설명문이다.

서감도로 설명문을 보면, 대체로 풀이 문장이 없는 것이 가장 큰 특징이다. 설명문이 그런 서감도 구조를 갖는 것은 바람직하다. 풀이 문장은 그만큼 어렵다는 것을 뜻하기 때문이다.

그렇지만 그런 설명문의 분위기 때문에 문장이 길어지는 것은 피해야 한다. 앞의 예문에서 보았듯이 긴 문장들이 상당히 많다. 교과서처럼 친절한 설명문은 거의 없다. 특히 보험 회사나 의약품, 계약서 등은 우리 일상과 매우 밀접한 글들이다. 글의 내용을 분명히 하고, 이해하기 쉽게 작성하는 것은 오해를 줄이는 지름길이다.

좋은 설명문은 단편 소설 같다. 단순하고 쉬운 문장으로 이루어진 단편 소설처럼 짧고 분명한 문장이 좋은 설명문을 만든다. 혹 설명하려는 것이 이해하기 어려운 것이라도 이모저모를 나누어 분명하게 설명해야 한다.

설명 중간에 삼천포로 빠지지 않는 것도 필요하다. 이런 실수는 주장을 담은 글인 논설문과 설명문을 혼동하기 때문이기도 하다. 설명문을 쓸 때에는 설명문이 주장이 아니라는 점을 염두에 두어야 할 것이다. 설명문은 설명하는 글이다.

# 2) 설득하는 글

**광고문**

> ① 부자 되세요!

카드 회사가 부자 되라고 덕담한다. 부자가 되기 위해서는 카드 (신용 구매, 외상 구매) 거래는 피하는 것이 좋다. 그러므로 카드 회사가 카드 쓰며 부자 되라고 하는 것은 앞뒤가 맞지 않는다. 치킨 회사의 광고 모델 닭이 치킨이 맛있다고 하는 광고문과 닮았다.

> ① 열심히 일한 당신, 떠나라!

열심히 일했는데도 떠날 수 없다. 그러므로 열심히 일한 것이 떠날 수 있는 것은 아니다. 그래서 이 문장은 앞뒤가 맞지 않는 부분이 있다. 그래서 마음에 걸린다.

> ① 집으로 간다. ①-1 래미안

집이 곧 래미안이다. 그러므로 래미안이 아니면 집이 아니다. 그런데 우리 집은 래미안이 아니다. 그러므로 우리 집은 집이 아니다. 우리 가족은 집이 아닌 곳에서 살고 있다. 역시 앞뒤가 맞지 않다. 그 걸림이 자꾸 생각나게 한다.

> ① 우리 집은 얼음 나온다!
> ② 엄마, 우리 집은?

우리 집 정수기는 얼음이 나오는데, 너희 집 정수기도 얼음이 나오냐? 이때 답변은 세 가지 정도다. 나온다. 안 나온다. 정수기 없다. 그런데 엄마, 우리 집은? 하고 묻는다. 자기네 집 정수기에서 얼음이 나오는지 안 나오는지 모르는 모양이다. 우선 그것이 말이 맞지 않는다. 또 우리 집 정수기도 얼음이 나와야 한다는 주장을 담고 있다. 왜 얼음이 나오는 정수기가 있어야 하는지 이유가 없다. 그래서 이해하기 어렵다.

②번 문장은 ①번 문장의 '우리 집'을 받는다. 단어로 앞뒤를 연결한 경우다. 그래야 두 문장이 이어진다는 것을 확실하게 알릴 수 있다. 그렇게 연결된 문장은 생각할 필요가 없는 쉬운 문장이 된다. 소비자는 문장의 해석에 전혀 신경 쓸 필요가 없다. 그렇게 소비자를 그 의미에 집중하게 만든다.

1. ① 여보, 아버님 댁에 보일러 놓아 드려야겠어요.

보일러는 난방 장치다. 우수한 품질을 광고하는 것이 일반적이었다. 그런데 예문은 다르다. 보일러 – 난방 장치, 아버님 댁에 보일러 – 가족을 따뜻하게 하는 장치. 이런 연결 고리가 생긴다. 보일러의 뜻을 확대해 성공한 광고문이다. 고향에 계신 부모님을 위한 작은 효도라는 인간미가 바탕이다. 그 매개물을 보일러로 대체하여 앞뒤 연결이 깔끔하다.

1-1
① 시험을 망쳤어요.
② 얼어붙은 성적표에 보일러 놔 드려야겠어요.

1번 광고문이 성공하자, 이어 내놓은 광고문이다. 시험을 망쳤다. 그러니 부모와 자녀의 마음은 냉랭하기 그지없다. 그 냉랭함을 보일러로 녹여 주어야겠다는 내용이다. 역시 보일러 – 난방 장치의 관계를 확장한 예다. 망친 성적표가 갖는 일반적인 냉랭함을 보통 사람들이 공감하고 있다는 정서에서 출발한다.

①번 문장의 시험을 ②번 문장의 '얼어붙은 성적표'로 받아, 앞뒤 연결을 자연스럽게 만든다. 만약 ②번 문장에서 '얼어붙은 성적표'가 없다고 하자. 그러면 ②번 문장은 '보일러 놔 드려야겠어요.'가 된다. 그럴 경우, 이 광고문은 시험을 망쳤을 때 생기는 냉랭함과 그 냉랭함을 보일러로 따뜻하게 할 수 있다는 두 개의 보이지 않는 문장이 생긴다. 그러면 아무래도 이해가 더딜 수 있다.

1-2
① 아내 생일을 깜빡했어요.
② 싸늘한 집안 분위기에 보일러 놔 드려야겠어요.

1-3
① 막내가 시집을 갔어요
② 막내의 빈자리에 보일러 놔 드려야겠어요.

두 편의 광고문 역시 같은 구조다. 아내의 생일을 잊어버린 일, 막내가 시집을 간 일은 미안함과 서운함 등의 감정을 일으킨다. 이 감정을 보일러로 따뜻하게 할 수 있다는 내용이다. 역시 ②번 문장은 모두 ①번 문장을 단어로 이어받는다.

1-2에서는 싸늘한 집안 분위기, 1-3에서는 막내의 빈자리가 그것이다. 짧은 시간에 많은 것을 표현하기 위해 ①, ②번 문장 사이에 있을 만한 문장을 생략했다.

> ① 1971년 베트남,
>    당신을 찾아 그곳으로 갑니다.
> ② 님은 먼 곳에

이준익 감독의 〈님은 먼 곳에〉 포스터 광고문이다. 이 광고문은 영화를 본 사람들에겐 충분하다. 이야기를 알기 때문에 간결하게 나타냈다는 것도 안다. 그러나 영화를 보지 않은 사람이라면, 영화의 줄거리를 알기 어렵다. 1971년에 베트남은 전쟁 중이었다. 하지만 모든 관객이 그것을 알고 있지는 않다. 그래서 '1971년 전쟁 중인 베트남'이 더 좋다. 또 '당신'이 누구인지 알 수 없다. 물론 사랑하는 사람이라든가 영화 속 누구인 것은 분명히 짐작할 수 있다. 그래서 '당신'보다는 '남편'이 더 좋지 않을까 싶다. 그렇게 하면 전쟁 중인 베트남에 남편을 찾으러 간 어떤 여인에 대한 이야기를 추측할 수 있다.

> ① 1971년 전쟁 중인 베트남,
>    남편을 찾아 한 여인이 그곳으로 갑니다.
> ② 님은 먼 곳에

영화를 보지 않은 관객에게 영화를 선택하게 하는 것이 목적이라면 좀 나아진 느낌이다. ①번 문장은 영화의 줄거리다. ②번 문장은 그 영화의 제목이 '님은 먼 곳에'라는 것을 나타낸다.

## 서감도로 본 광고문의 특징

광고문은 광고와 마찬가지로 제한을 받는다. 짧은 시간 혹은 지면에 최고의 효율을 내야 한다. 그러므로 광고를 보는 사람들의 정서를 깔고 시작한다. 또한 광고의 전개에서 자잘한 설명은 과감하게 뺀다. 그래야 눈을 자잘한 곳에 빼앗기지 않고, 뜻에 집중하게 만든다. 그렇게 이런저런 광고문이 가져야 할 특징들이 생겨난다. 광고문을 분석해 보면, 그런 특징들이 서감도에 드러난다.

광고문 쓰기는 글의 제목을 뽑는 것과 비슷하다. 글은 세상 사람들의 정서 혹은 생각이다. 냉장고 광고문이라면, 냉장고에 대한 사람들의 생각을 글로 본다고 할 수 있다. 그 글을 기반으로 제목을 뽑는 작업과 비슷하다. 그때 사람들의 생각, 정서를 무엇으로 보느냐에 따라, 즉 글에 따라 제목이 바뀐다. 아마도 그런 이유로 광고문 쓰는 일은 수없이 많은 제목을 달았다 지웠다 반복하는 일과 같을 것이다. 이때, 수없이 지웠다가 다시 쓰는 광고문이 사람들의 생각, 정서를 '글'로 본다는 사실을 알면 조금 수월할 것이다.

# 신문 사설

## [사설] 학계의 분노, "역사는 권력의 시녀가 아니다"

I A ① 역사학계가 어제 이 정권의 근·현대사 교과서 수정 압력에 대해 집단행동에 나섰다. ①-1 고대·중세사학회까지 포함해 국내의 거의 모든 역사 관련 학회가 참여했다. ①-2 전례 없는 일이다. ①-3 학문과 역사를 정권에 예속시키려는 이 정권의 시도에 대한 학계의 우려와 공분이 어느 정도인지 잘 보여준다.

II B ② 이들을 상아탑 밖으로 끌어낸 것은 학문 특히 역사학의 위기였다. ②-1 이 정부는 과거의 독재정권처럼 역사교육을 통치나 정권유지 혹은 우민화의 방편으로 이용하려 들었다. ②-2 출범하자마자 관변학자 관변언론을 동원해 역사 교과서의 내용에 대해 이념공세를 퍼부었다. ②-2-1 문외한인 관변단체까지 동원해 마녀 사냥 식으로 학계를 위협하고, 수정을 압박했다. ③ 지금까지 역사 연구의 결과물에 대한 부정이었고, 앞으로 역사를 통제하겠다는 의지의 표현이었다.

C ④ 학계는 이미 근·현대사 교과서를 둘러싼 논란에 대해 그들 나름의 견해를 거듭 밝혔던 터였다. ④-1 2004년 한나라당과 그 주변 세력에 의해 이념 시비가 일자, 국사편찬위원회는 '교육부가 고시한 서술지침과 서술방향에 어긋남이 없다'는 검증 결과를 발표했다. ④-1-1 그 지침과 방향은 지금 한나라당 정권의 전신인 김영삼 정부가 고시한 것이었

다. ④-1-2 역사학계도 공개검증을 통해 문제의 특정 교과서 역시 '7차 교육과정에 충실했다'는 공동의견서를 냈다.

D ⑤ 그럼에도 이 정권은 학계에 학문적 변절을 거듭 요구했다. ⑤′ 지난번 판단을 뒤집고 이념적 편향을 인정하라고 강권하는가 하면, 경제인단체나 비전공 학자들이 내놓은 수정안을 수용하도록 강제했다. ⑤″ 역사를 정치권력의 시녀로 만들겠다는 생각이 없이는 할 수 없는 짓이었다. ⑥ 게다가 교육과학기술부 장관은 정권이 바뀌면 교과서도 바뀔 수 있다고 발언하는 등, 학문의 자유와 교육의 정치적 중립성을 유린하는 발언과 시도가 잇따랐다. ⑦ 검인정체제를 시대착오적 국정체제로 되돌리려는 의지까지 엿보였다. ⑧ 국정체제 아래선 역사 연구의 자율성과 역사 교육의 중립성이 보장되지 않는다. ⑨ 학계로선 묵과할 수 없는 상황인 것이다.

III E ⑩ 이제 이 정권은 선택해야 한다. ⑩-1 현대판 분서갱유를 통해 기존의 역사책과 역사학자들을 모두 없애거나, 아니면 헌법에 보장된 학문의 자율성, 교육의 중립성을 인정하거나. ⑩-2 어려운 문제는 아니다. ⑩-2-1 현실적으로 가능한 선택은 후자뿐이기 때문이다. 〈한겨레, 2008. 10. 8.〉

서론 A문단은 역사학계가 행동에 나선 상황을 잘 풀고 있다. 본론에 들어 주장을 펼치고(②, ③) 그 주장의 근거(②-1, ②-2, ②-2-1)를 제시하고 있다. C문단 역시 주장(④)을 펼치고, 이어 그 근거(④

-1, ④-1-1, ④-1-2)를 들어 따지고 있다. D문단에서는 주장(⑤)을 두 번이나 강조(⑤´, ⑤´´)하며 강도를 높이고, 다시 주장(⑥, ⑦, ⑧, ⑨)을 펼친다. 그리고 결론 부분에서 결론(⑩)을 내고, 그 결론을 명확히 하고(⑩-1, ⑩-2, ⑩-2-1) 있다.

주장하는 글은 주장을 하고, 그 주장의 근거를 내세운다. 그리고 그 주장을 통해 다른 주장을 하고, 다시 그 주장의 근거를 밝히는 과정이다. 이 글도 주장하는 글의 전형적인 구조를 보여 준다.

## [사설] 좌편향 교과서 기승 부릴 때 역사학계는 왜 잠잤나

Ⅰ A ① 한국사연구회, 동양사학회, 서양사학회를 비롯한 역사 관련 21개 학회는 8일 정부의 좌편향(左偏向) 한국근현대사 교과서 수정 방침이 "역사교육의 자율성에 대한 심각한 도전"이라며 "역사 교과서는 역사학계에 맡기라"고 주장했다.

Ⅱ B ② 지구상에 역사 교육을 역사학자들의 '자율'에 맡기는 나라는 없다. ③ 교육의 목적은 장래에 나라를 이끌고 갈 건전한 예비 시민을 길러내는 데 있다. ④ 건전한 시민의 바탕은 제 나라 역사에 대한 균형 감각이다. ⑤ 따라서 교육, 특히 역사 교육에 국가와 사회가 관여하는 것은 당연한 일이다.

⑥ 국정(國定)과 검인정(檢認定) 제도라는 교과서 심의 권한
이 국가에 부여된 것도 그 때문이다.

C ⑦ 어른들이 보는 일반 역사서는 '흑인과 인디언의 눈으로
본 미국사' '노동자의 눈으로 본 영국사' '조선족의 눈으
로 본 중국사' 처럼 소수(少數)의 시각에서 쓸 수 있다. ⑧ 그
러나 역사 교과서만큼은 어느 나라에서든 종합적이고 균형
잡힌 시각이 생명이다. ⑨ 따라서 소수의 시각을 배려하더
라도 넘어서는 안 될 선(線)이 있다. ⑨´ '남로당원이 겪은
해방 정국' 또는 '김일성 군대의 눈으로 본 한국전쟁'을 교
과서란 이름으로 어린 학생들에게 가르칠 수는 없다는 말
이다. ⑩ 그러나 좌편향 금성출판사 교과서는 그 선을 넘어
도 한참 넘어섰다. ⑩-1 이 교과서는 2002년 검정 때 '내용
오류나 편향적 이론·시각·표현' 항목에서 10명의 검정
위원 중 7명이 C, 3명이 B 등급을 줬다. ⑩´ 사실상 교과서
로는 부적합 평가를 받은 것이다. ⑪ 태어나선 안 될 교과
서가 검정 제도의 허점으로 검정을 통과했고, 전교조의 전
폭적 지원을 받아 교육현장에서 교실의 절반 이상을 장악
했다.

D ⑫ 역사학계는 이런 탈선(脫線) 교과서가 검정을 버젓이 통
과할 때도, 어린 학생들이 전국 교실에서 대한민국의 정통
성을 부인하는 교과서를 배우는 동안에도 입도 뻥긋한 적이
없다. ⑬ 몇 개 학회는 오히려 "아무런 문제 없다"며 탈선 교
과서에 면죄부를 발급해 줬다. ⑭ 이번 성명에 이름을 빌려
준 학회와 역사학자들이 과연 금성출판사 교과서를 꼼꼼히

읽어봤는지, 그리고 그 내용에 동의하는지 궁금하다. ⑮ 탈선 교과서를 비호하고 눈감아줬던 역사 관련 학회들이 이제 와서 "현행 교과서에 문제가 있다면 수정은 필자나 역사학계의 엄밀한 검토를 통해 진행돼야 한다."고 주장하고 나선 것은 학자적 양심에 비춰 봐도 크게 부끄러운 일이다.

Ⅲ  E⑯ 학계와 학자들이 포퓰리즘에 흔들려서 혹은 학계의 중심 자리를 차지하고 있는 386세대의 입김에 휘둘려 우리의 미래를 짊어질 2세 교육을 망가뜨리는 데 앞장을 서서는 안 된다. 〈조선일보, 2008. 10. 9.〉

일부러 고른 것이 아닌데, 앞의 사설의 구조와 다르다. 먼저 풀이 문장(⑩-1)을 통한 근거 제시가 매우 적다. 16개의 문장 중에 하나밖에 없다. 그래서 설득력이 약하다.

특히 앞의 문장(③, ④)을 근거로 뒤의 문장(⑤, ⑥)을 잇는 논리를 펴고 있는데, 이 구조는 근거 제시가 분명하지 못한 면이 있다. 물론 근거가 없는 것은 아니다. 그러나 근거 제시가 표면에 드러나지 않기 때문에 한 번 더 생각해야 하는 불편함이 있다. 주장하는 글이라면 근거 제시가 분명한 것이 좋다. 그리고 긴 문장(①, ⑫, ⑮)이 있다. 주장하는 글에서는 짧고 분명한 주장과 근거가 좋다.

## 논문/ 단행본

### 왜 다시 토론수업을 말하는가?

A ① 인류가 교육을 시작한 이래 대화를 주고받는 언어적 상호작용을 통한 교육은 지속적으로 이루어져왔다. ①-1 고대의 다양한 문서를 보면, 스승과 제자, 제자와 제자 간에 대화를 통한 교수학습이 일반적이다. ①-2 학습자가 질문을 하는 경우도 있고, 가르치는 자가 질문을 하는 경우도 있지만, 교수학습 과정에 질문과 답변을 사용하여 대화하고 있다. ② 그런데 우리의 교육은 어떠한가? 우리 교육 현실에 대한 다양한 비판 중 하나는 질문과 답변을 통해 의견을 나누는 상호작용은 줄어들고, 가르치는 자의 독백으로 세워지는 교육이 대부분이라는 것이다.

B ③ Flanders(1970)가 미국의 수업을 관찰한 결과를 보면 수업에서 이루어지는 언어적 상호작용 중에서 ⅔를 교사가 하는 것으로 나타났는데, 그 후의 Goodlad(1984), Burbules&Bruce(2001)도 동일한 결과를 보고하고 있다. ④ 또한 Arends(2004)는 이전에 비하여 교사가 하는 말의 비율이 더 늘었다고 보고하며, 교실에서 2명 이상의 동료 학생이 짝을 이루어 대화하는 경우는 단 2회, 모둠을 이루어 하는 집단적 상호작용은 단지 4회만 관찰되었다고 보고한다(이용숙, 2004에서 재인용).

C ⑤ 우리나라의 경우 이러한 양적인 관찰 결과는 없지만, 몇몇 수업 관찰 보고를 보면 이와 유사한 형편임을 알 수 있다. ⑤-1 이종각(1995)은 우리의 교실수업에서 수업 행위를 통해 암기와 주입이 함께 일어난다고 하여 '암주식 수업'이라고 하며, 이인

효(1994)는 우리나라 인문계 고등학교의 수업을 관찰한 후 교사가 입시위주의 내용을 정리해 주는 방식이라는 점에 착안하여 "어머니가 유아에게 암죽을 먹일 때의 방법, 즉 유아에게 유익한 영양식을 선정하여 유아가 소화하기 쉽도록 조리한 후 떠 먹여주는 방법"에 비유하여 '암죽식 수업'이라고 정의하였다. ⑤-2 초등학교 수업을 관찰한 연구에서도 비슷한 결과를 보고한다. ⑤-2-1 김정원(1999)은 다양한 초등 수업을 관찰한 후 적극적으로 교수학습이 일어나는 수업에서도 '수업의 해설자는 항상 교사이며 교사의 수업은 학습자들이 교과서의 맥락과 그 속에서 사용되는 개념이나 낱말 뜻을 이해하고 암기하는 데 도움을 주는 행위'가 나타난다고 보며, 이러한 수업을 '교과서 해설식 수업'이라고 보았다. ⑥ 결국 우리의 교실에서 언어의 주도권은 교사에게 있으며, 교사가 학습의 내용인 교과서 내용을 압축하여 학생들에게 전달하는 유형이 일반적인 수업 모습이다. 〈구정화, 미래를 준비하는 토론학습의 방향〉

논문은 대표적인 주장하는 글이다. 특히 주장의 근거가 되는 사실을 철저하게 밝히는 특징이 있다. 이 글 역시 이런 특징을 잘 보여 준다.

A문단은 주장(①)을 하고, 이에 대한 근거(①-1, ①-2)를 들어 주장을 펼쳐 간다. 그리고 우리나라의 경우(②)로 화제를 옮긴다. 그래서 B문단에서는 우리나라의 예를 들 것으로 예상된다. 그런데 B

문단은 미국의 예다. 그러므로 이에 대한 설명이 필요하다. 가령, ①번 문장의 현상이 줄어드는 예로 미국과 우리나라의 예를 들겠다고 하는 정도의 설명이 필요하다. 하여간 미국의 예(③, ④)를 들고 있고, 이어 C문단에서 우리의 예(⑤-1, ⑤-2, ⑤-2-1)를 들었다. 그리고 ⑥번 문장으로 예를 정리하고 있다. 결국 이 세 문단은 주장 ①이 옳다는 것을 설득하기 위해 근거 문장으로 이루어진 글이라고 할 수 있다.

이 글은 주장이 간결하고, 근거가 충분하다. 그래서 특별한 거부감 없이 주장을 받아들이게 된다. 설득력 있는 글인 셈이다. 지나치게 긴 문장(⑤-1, ⑤-2-1)은 줄이는 것이 좋겠다.


A ① 어떤 질문을, 언제, 어떻게, 누구에게 할 것인가? 이것이 토론 수업 진행을 맡은 교사가 가장 염두에 두어야 할 사항이다. ①-1 성인들의 토론은 발언 기회가 부족한 편이라면, 학생들의 토론은 오히려 발언할 내용이 부족한 편이기 때문이다. ①′ 다시 말하면, 토론 수업에서 교사의 역할은 발문을 통해 소통을 조절하고, 내용을 이해하고, 사실이 사실인 이유를 발견할 수 있도록 안내하는 것이다.
B ② 교사가 발문에 익숙해지면 토론 수업 진행은 한층 여유가 생긴다. ②-1 수업 진행이 안정적이 되기 때문이다. ②-2 수업

진행이 안정을 찾으면, 교사는 교과내용에 더 집중할 수 있기 때문이기도 하다. ③ 그래서 토론 수업 교사는 발문 연습이 필수다.

C ④ 발문 준비는 수업 전에 미리 해 두는 것이 좋다. ④-1 미리 토론의 흐름을 예상해보면, 그때 필요한 발문이 무엇인지 알 수 있기 때문이다. ⑤ 그렇게 토론수업에 익숙해지면, 상황에 맞는 발문이 나오기 시작한다. 〈생각의 힘을 키우는 토론수업〉

역시 주장하는 글의 전형적인 구조다. 주장(①, ②, ④)을 하고, 그이유(①-1, ②-1, ④-1)를 밝히고 있다. 그리고 그것을 바탕으로 새로운 주장(③, ⑤)을 추가한다.

## 서감도로 본 주장하는 글의 특징

주장하는 글은 사실을 기반으로 한다. 사실이 바탕이 되지 않으면 그 주장은 신뢰할 수 없다. 그러므로 주장을 펼치려면 반드시 근거와 이유를 제시해야 한다. 그리고 그 근거와 이유는 공감할 수 있는 내용이어야 한다. 글쓴이만의 개인적인 견해로는 여전히 신뢰를 얻을 수 없다.

주장하는 글을 잘 쓰려면 주장과 근거, 주장과 이유가 제시되는 문장 구조가 좋다. 그래서 주장하는 문장과 풀이 문장을 짝으로

생각하는 것이 필요하다. ①, ①-1을 기본으로 하여, ①, ①-1, ①
-2까지 염두에 두면 좋다.

# 3) 문학 작품

## 시(詩)

### 서시

**윤동주**

Ⅰ A ① 죽는 날까지 하늘을 우러러
　　　　한 점 부끄러움이 없기를,
　　①-1 잎새에 이는 바람에도
　　　　나는 괴로워했다.
　　①-2 별을 노래하는 마음으로
　　　　모든 죽어가는 것을 사랑해야지.
　　①-3 그리고 나한테 주어진 길을
　　　　걸어가야겠다.

Ⅱ B ①′ 오늘 밤에도 별이 바람에 스치운다.

5개의 문장으로 이루어진 시(詩)다. 겉으로 드러난 풀이 문장도, 반복 문장도 없다. 그러나 속을 들여다보면 숨어 있다. ①번 문장에서 다짐을 한다. 그렇게 살아가고 싶다고 다짐을 한다. A문단(연)의 나머지 문장들은 모두 그 다짐의 내용들이다. 그러므로 실제 풀이 문장들이다.

Ⅱ단락 B문단(연)의 ①′ 문장 역시 겉으로 드러나지 않지만 ①번 문장이 생략된 반복 문장이다. 즉, 별이 바람에 스치우는 오늘도 부끄럼 없이 살겠다는 다짐이다.

한편, 시는 시간의 논리가 있다. 먼저 ①번 문장에서 출발한다. ①번 문장은 현재 시인이 삶에서 바라는 마음이다. ①-1번 문장은 과거다. ①-2번 문장은 다시 현재다. ①-3번 문장은 미래다. 그리고 ①′번 문장은 다시 현재다. 이렇게 시간이 시의 앞뒤를 맞추는 기준이다. 과거와 현재, 미래의 변함없는 삶의 자세가 경건하다.

## 소설

① 가 보니 이틀 길이더구나……. ①-1 스치는 바람 같은 말투로 임금은 십 년 전 정묘년의 겨울을 편전의 어둠 속으로 끌어당겨 놓았다. ② 그해 겨울에도 후금군(後金軍)은 황해도 평산까지 들이닥쳤고, 임금은 종묘의 신주를 받들고 강화도로 들어갔다. ③ 깊은 겨울에 강이 얼기를 기다려 적들은 깊숙이 들어왔고, 공세

는 오직 서울을 목표로 삼아 남쪽으로 집중되었다. ④ 적들은 산성을 공격하지 않았고 읍성을 점령하지 않았다. ⑤ 길에서 머물지 않았고 뒤를 돌아보지 않았으며 우회하지 않았다. ⑥ 적의 뒤로 처진 서북의 관군들이 뒤늦게 산성에서 나와 적의 후방을 건드렸으나, 적의 앞길은 비어 있었다. ⑦ 봄에, 임금은 강화성에서 나왔다. ⑧ 임금은 성문 앞에 쌓은 제단에서 적장을 맞아 형제의 나라가 되기를 맹약하고 흰 말과 검은 소를 잡아서 피를 뿌려 하늘에 고했다. ⑨ 적들은 임금에게 말 피를 마셔서 하늘에 고한 약속을 몸속에 모시라고 요구했다. ⑨-1 놋사발 속에서 식은 말 피가 선지로 엉겨 있었다. ⑩ 대신들이 적 앞에 나아가 임금이 상중(喪中)이어서 버거운 의전을 감당할 수 없으며, 동방의 풍속은 짐승의 생혈을 먹지 않는다고 간청했다. ⑪ 그날, 임금은 비린 말 피를 마시지 않을 수 없었다. ⑫ 적들은 조공과 포로를 거두어 돌아갔고, 임금은 돌아가는 적들을 배웅하며 서울로 돌아왔다. ⑬ 그 뒤 십 년 동안 명(明)의 대륙은 급속히 무너져갔다. 〈김훈, 남한산성 중에서〉

깔끔하다. 시간의 순서대로 사건을 기술하고 있다. ①번 문장으로 문단 전체의 분위기를 전한다. 이어 그해 겨울의 일이 군더더기 없이 이어진다. 이해하기 어려운 문장이 없어 새로운 문장이 계속되어도 부담이 없다. 유일하게 풀이한 문장 ⑨-1은 임금이 마셔야 할 '피'를 더욱 선명하게 만든다.

## 수필

①내 일찍이 문을 닫고 누워 가만히 이 소리들을 비교하며 들어본 적이 있었다. ①-1 깊은 소나무 숲이 퉁소 소리를 내는 듯한 건 청아한 마음으로 들은 탓이요, 산이 갈라지고 언덕이 무너지는 듯한 건 성난 마음으로 들은 탓이요, 개구리 떼가 다투어 우는 듯한 건 교만한 마음으로 들은 탓이다. 만 개의 축(筑)이 번갈아 소리를 내는 듯한 건 분노한 마음으로 들은 탓이요, 천둥과 우레가 마구 쳐대는 듯한 건 놀란 마음으로 들은 탓이요, 찻물이 보글보글 끓는 듯한 건 흥취 있는 마음으로 들은 탓이요, 거문고가 우조(羽調)로 울리는 듯한 건 슬픈 마음으로 들은 탓이요, 한지를 바른 창에 바람이 우는 듯한 건 의심하는 마음으로 들은 탓이다. ② 이는 모두 바른 마음으로 듣지 못하고 이미 가슴속에 자신이 만들어 놓은 소리를 가지고 귀로 들은 것일 뿐이다. 〈박지원, 고미숙·길진숙 역, 그린비〉

수필은 정갈하고 차분한 맛이 있다. 삶 속에서 얻은 진솔함 때문이겠다. 아주 덤덤하게 ①번 문장으로 출발한다. 이어 '소리를 비교하며 들어 본' 그 경험을 차분하게 써 내려간다. ①-1 문장은 매우 길지만, 그렇게 느껴지지 않는다. 문장 안의 문장들이 모두 짧고 분명하기 때문이다. 그렇게 시원하고 경쾌하게 이야기하고 ②번 문장으로 마무리한다.

# 시나리오

① 작은 구멍이 송송 뚫린 플라스틱 창 너머로 죄수복을 입은 한 남자가 교도관과 함께 들어선다. ①-1 박도섭이다. ② 그는 자리에 앉아 굳은 얼굴로 면회객을 본다. ③ 사이.

③-1 박도섭을 쳐다보는 신애의 얼굴. ③-2 잠시 말없이 앉아 있다가 이윽고 입을 연다.

신애　④ ……얼굴이 좋네요. 생각보다.
박도섭 ⑤ 죄송합니다.
신애　⑥ 아니에요. 건강해야지요. (그녀의 얼굴에 미소가 떠오른다.) ⑥-1 아무리 큰 죄를 지은 죄인이래도 하나님은 건강을 주시잖아요.

⑦ 말없이 신애를 바라보는 박도섭. ⑦-1 그녀의 말이 좀 뜻밖인 것 같은 표정이다.

신애　⑧ 이 꽃…… (손에 들고 있던 꽃을 들어 보인다.) 오다가 길가에 핀 걸 꺾어 왔어요. ⑧-1 이 안에선 꽃 보기 힘들잖아요. ⑨ 예쁘죠? ⑨-1 이 예쁜 꽃도 하나님이 우리한테 주시는 선물이에요. ⑩ 내가 오늘 여기 찾아온 건요…… 하나님 은혜와 사랑을 전해주러 왔어요. ⑪ 나도 전에는 몰랐어요. ⑪′ 하나님 계시다는 것도 절대 안 믿었어요.

⑪-1 내 눈에 안 보이니까 안 믿었지요. ⑫ 그런데 우리 준이 때문에……

⑬ 그녀는 잠깐 감정을 억제하려 한다. ⑭ 그리고 미소를 지으려 노력한다.

신애   ⑫ ……하나님 사랑을 알고 비로소 마음의 평화를 얻고 새 생명을 얻었어요. ⑮ 얼마나 감사한지, 그분의 사랑과 은혜를 느낄 수 있어서 얼마나 행복한지 모르겠어요. ⑯ 그래서 내가 이곳에 찾아온 거예요……. ⑯-1 그분의 사랑을 전해주기 위해서요.
박도섭  ⑰ 고맙습니다.

⑱ 신애가 박도섭을 쳐다본다.

박도섭  ⑰´ 정말로 고맙습니다. ⑰-1 준이 어머니한테 우리 하나님 아버지 이야기를 듣게 되이…… ⑰˝ 참말로 감사합니다. ⑲ 내 기도가 통했는갑십더.

⑳ 박도섭의 그 말이 신애를 놀라게 한다.

박도섭  ㉑ 저도 믿음을 가지게 되었거든예. ㉑´ 여, 교도소에 들어온 뒤로…… 하나님을 가슴에 받아들이게 됐심더. ㉑˝ 하나님이 이 죄 많은 인간한테 찾아와 주신 거지예.

㉒ 신애는 말없이 박도섭을 쳐다본다. ㉒-1 박도섭은 믿음을 가진 사람답게 아주 평화롭고 안정되어 보인다.

신애     ㉓ (이윽고) ……그래요? 하나님을 알게 되었다니 다행이네요.

박도섭   ㉔ 예, 얼마나 감사한 일입니꺼? ㉔-1 하나님이 저한테, 이 죄 많은 놈한테 손 내밀어 주시고, 그 앞에 엎드리가 지은 죄를 회개하도록 하고, (㉔-1)´ 제 죄를 용서해 주셨습니더.

신애     ㉕ 하나님이…… 죄를 용서해 주셨다고요?

박도섭   ㉖ 예! ㉗ 눈물로 회개하고 용서받았습니다. 그라고 나서부터 마음의 평화를 얻었심더. ㉗-1 잠도 잘 자고…… 아침에 일어나자마자 기도하고…… ㉘ 하루하루가 얼마나 감사한지 모릅니다. ㉙ 인제 아무 여한이 없습니다. ㉚ 어떤 처벌을 받더라도, 사형이 돼도 달게 받을 마음의 준비를 하고 있습니다. ㉚-1 정말로…… 장기기증까지 다 해 두었심더. ㉚-2 이 죄 많은 인간의 몸이라도 하나님이 주신 거라 가치 있게 쓰일 수 있으면 좋겠다, 그런 생각 했심더. ㉛ 하나님한테 회개하고 용서받았으이 이렇게 편합니다, 내 마음이. (가슴에 손을 얹는다.)

신애     ㉜……

박도섭   ㉝ 요새는 내가 기도로 눈 뜨고 기도로 눈 감습니더. ㉞ 준이 어머니를 위해서도 기도 마이 합니더. ㉞-1 빼놓지 않고 늘 합니더. 죽을 때까지 할 깁니더. ㉟ 그런데 인제 이래 만나고 보이, 하나님이 역시 제 기도를 들어주시는갑

심더.

㊱ 언제부터인가 신애는 아무런 말도 하지 못하고 있다.

이창동 감독, 전도연, 송강호 출연 작, 〈밀양〉의 한 장면이다.

풀이 문장이 몇 개(①-1, ③-1, ③-2, ⑥-1, ⑦-1, ⑪-1, ⑯-1, ⑰-1, ㉔-1, ㉚-1, ㉚-2) 보이고, 반복 문장(⑪′, ⑰′, ㉑′, ㉑″, ㉔-1))′)이 몇 개 보이는 것을 빼고는 새로운 문장들이 이어진다.

연기자의 연기를 위한 부분을 제외하면 일상의 대화다. 일상의 대화가 짧게 풀이하는 부분과 했던 말을 다시 하는 부분으로 나누어진다. 실제의 대화는 시나리오처럼 문장의 순서에 질서가 있지는 않다. 했던 말을 말의 뒤쪽에서 다시 꺼내기도 하고, 잔소리처럼 했던 말을 몇 차례 반복하기도 한다. 영화의 대사가 깔끔한 건, 이렇게 쓴 글인 이유가 클 것이다.

## 서감도로 본 문학 작품의 특징

문학 작품은 내용의 문제지 형식의 문제가 아니다. 그래서 서감도가 별로 도움이 되지 못한다. 서감도의 도움은 문학 작품이 아닌 다른 글과 마찬가지로 글의 구조를 파악하고, 문장이 주제를 벗어나지 않는 정도일 것이다.

　서감도로 본 문학 작품은 대체로 좋은 문장과 좋은 글의 구조를 가졌다. 다른 일상의 글보다는 훨씬 정제된 글들이다. 풀이 문장과 반복 문장이 드물며, 짧고 분명한 새로운 문장들이 이어진다. 그것이 가독성을 만든다.

# 두 시간에 배우는 글쓰기

지은이 | 강병재
펴낸곳 | 북포스
펴낸이 | 방현철

1판 1쇄 찍은날 | 2011년 11월 25일
1판 1쇄 펴낸날 | 2011년 11월 30일

출판등록 | 2004년 02월 03일 제313-00026호
주소 | 서울시 영등포구 양평동5가 18 우림라이온스밸리 B동 512호
전화 | (02)337-9888
팩스 | (02)337-6665
전자우편 | bhcbang@hanmail.net

ISBN 978-89-91120-58-7  03800

값 12,000원